Zweite Reihe bei Argument

Waldtraut Lewin

Dicke Frau auf Balkon

Kriminalroman

Zweite Reihe 2002
Argument

Redaktion: Wolfgang Fritz Haug
Lektorat: Michael Haupt

Deutsche Originalausgabe

Rentzelstraße 1, 20146 Hamburg
Telefon 040 / 45 36 80 — Telefax 040 / 44 51 89
Signet: Martin Grundmann
Fotosatz: Steinhardt, Berlin
Druck: Alfa-Druck, Göttingen
ISBN 3-88619-902-2
Erste Auflage 1994

1

Das Haus war mies, und mein Zimmer verkommen und dreckig, doch gegen den Balkon war nichts einzuwenden.

Staub und Fusseln lagen in jeder Ecke. Aber die Aussicht ins Bergland war überwältigend.

Putzen konnte ich nicht. Allergie. Abgesehen davon war ich nicht hierher gekommen, um die Zugehfrau zu spielen. Ich wollte Urlaub machen. Das mit Cäcilie war schon finster genug.

Eigentlich sollte es dieses Frühjahr nach Portugal gehen. Ich hatte mir das so schön ausgemalt: Das Filmchen ist fertig, du kassierst, packst dein Köfferchen und ab die Post mit dem nächstbesten Flieger...

Nur gab es dann leider Probleme mit dem Kassieren. Der Produzent war pleite, folglich auch ich. Portugal ade.

So hatte ich dann Ninas Angebot akzeptiert.

Als sie mich anrief, war ich mehr als überrascht. Wir hatten uns seit Jahren aus den Augen verloren.

»Komm doch zu mir!« hatte sie gesagt. »Das Haus ist groß genug. Du hast ein Zimmer für dich, wo du arbeiten kannst, mit einem herrlichen Balkon, Blick übers ganze Bergland. Du kannst wandern, schwimmen, die Stadt besichtigen und bleiben, solange du willst. Freie Kost und Logis natürlich. Das einzige wäre, daß ich dich bitten möchte, ab und an mal nach Mutterchen zu sehen. Nicht häufig«, fügte sie hastig hinzu, als hätte sie gespürt, wie ich am anderen Ende der Leitung Luft holte für ein 'Aber'. »Ich bin ja eigentlich immer zu Hause. Und außerdem haben wir noch eine Pflegerin.«

Mutterchen. Das war Cäcilie, die, so erfuhr ich, nach einem doppelten Oberschenkelhalsbruch auf eigenen Wunsch aus der Klinik nach Haus entlassen worden war, ohne einen Versuch zu machen, das Laufen wieder zu erlernen, da sie vorhabe, sowieso zu sterben. Spätestens in vier Wochen.

Das war inzwischen ein Jahr her.

Ich seufzte auf meinem Balkon, ähnlich wie Nina am Telefon geseufzt hatte.

Mutterchen war eine harte Nuß.

Was mir Nina wohlweislich verschwiegen hatte, war erstens, daß die Pflegerin nur einmal am Tag kam, um die alte Dame zu waschen, umzukleiden und neu zu betten, und zweitens, daß sie, Nina, wirklich nur 'eigentlich' immer zu Hause war. Sie ging zwar keiner Arbeit nach, aber man bekam sie kaum zu sehen. Sie geschaftelhuberte in einer Unzahl von Vereinen, Grüppchen und Komitees herum und hatte ständig einen vollen Terminkalender. Damit vertat sie viel mehr Zeit, als wenn sie einen Job gehabt hätte. Versammlungen über Versammlungen. Sogar irgendwelche Samen brachte sie zu den Leuten, damit sie Heilpflanzen auf dem Balkon züchteten. Eine Menschheitsbeglückerin.

Nina Truckenbrodt und ich waren nicht unbedingt durch wechselseitige Zuneigung miteinander verbunden. Unser Verhältnis war schon zu der Zeit, als wir uns auf der Filmhochschule, gleicher Jahrgang, kennenlernten, eher reserviert zu nennen. Genau wie ich studierte Nina Regie, brachte es aber nie über ein paar Assistenzen hinaus. Bemerkenswert an ihr waren jedoch ihre Erfolge bei Männern, und zwar speziell bei gut betuchten Herren, obwohl sie mit ihrem dünnen fussligen Haar, ihrer eckigen Figur und ihrem gleichzeitig exzentrischen und kleinkarierten Gebaren alles andere als attraktiv war.

Natürlich wurde gelästert. Aber immerhin. Zu einem Zeitpunkt, als ich mich mehr schlecht denn recht durch mein Regiedebüt quälte und nicht wußte, wo ich für den nächsten Drehtag eine saubere Jeans herbekommen sollte, wenn meine ein und einzige in der Wäsche war — zu einem solchen Zeitpunkt konnte unsere Nina schon auf weitere berufliche Tätigkeiten verzichten, fuhr einen netten Mittelklassewagen und trug Klamotten, von denen unsereins nicht einmal träumen konnte — und das alles sogar, ohne verheiratet zu sein. Sie mußte eine andere Form des Verkaufs gewählt haben.

»Ich stamme aus kleinen Verhältnissen«, sagte sie oft. Na, die hatte ich nun vor Augen.

»Wie bist du denn auf mich verfallen?« hatte ich sie am Telefon gefragt.

»Ich habe deinen letzten Film gesehen und war einfach überwältigt«, erwiderte sie. Sie sprach es Silbe für Silbe aus: ü-ber-wäl-tigt. »Und ich dachte, man sollte alte Freundschaften doch nicht so verkümmern lassen...«

So ein Lob macht einen besoffen. Natürlich schluckte ich den Köder mit Begeisterung und fragte nicht einmal nach, welcher Film sie denn so ü-ber-wäl-tigt hatte: der

Actionfilm, der schon zwei Jahre zurücklag, oder die paar Werbespots, die ich in der letzten Zeit hatte drehen dürfen; da nahm ich auch das mit der 'alten Freundschaft' widerspruchslos hin.

»Komm doch bitte!« schnurrte Nina am Telefon.

Hatte sie schon immer diese Stimme gehabt: rauchig, gebrochen, voll kratziger Sanftheit? Ich wußte es nicht mehr. Es war ja, wie gesagt, auch ein paar Jährchen her.

»Mutterchen würde sich auch freuen«, fügte sie hinzu, nachdem sie mir noch einmal in den wärmsten Farben das Zimmer mit dem Balkon, Blick ins Bergland, ausgemalt und ans Herz gelegt hatte.

Als ich dann vor dem Bett der alten Dame stand, hatte ich einen ganz anderen Eindruck.

2

Cäcilie Truckenbrodt hatte bei ihrer Heimkehr aus der Klinik ihr Bett im Salon aufschlagen lassen, dem Zimmer im Herzen des Hauses. Von hier aus hatte sie durch den großen verglasten Erker volle Sicht auf das Geschehen vor dem Haus und natürlich alles im Griff, was innerhalb der Wohnung passierte, denn alles kam am Salon vorbei. Alle Türen hatten offen zu stehen, und Cäcilie entging nichts ...

War die Wahl des Raumes für eine Frau, die sich nach ihren eigenen Aussagen zum Sterben niedergelegt hatte, schon merkwürdig genug, so mußten verschiedene andere Maßnahmen, die die Kranke anordnete, vollends der Meinung entgegenwirken, Cäcilie hätte vor, in absehbarer Zeit diesem irdischen Jammertal den Rücken zu kehren.

Nach ihren Anweisungen war ein System von Spiegeln, sogenannten 'Spionen', in der Nähe ihres Bettes angebracht worden. Mit diesem Rückspiegeln konnte sie nun die ganze Länge der Straße kontrollieren und, falls man die Türen nicht rigoros schloß, das Geschehen in Bad und Küche dazu.

Ferner ließ sie am Fußende des soliden Krankenbettes eine Art Zügel montieren. Daran konnte sie sich trotz ihres gebrochenen Schenkels mittels Armkraft aufrichten und gleichsam sitzen — so wie sie auch in der Lage war, stundenlang bei flach gestelltem Bett den Kopf aufzurichten — eine Anstrengung der Nackenmuskeln, die mir schon beim bloßen Versuch Verspannungen, Kopfschmerzen und Migräne eintrug.

Cäcilies Bett war eine kleine Festung.

Sie hatte Haustelefon und eine zusätzliche Klingel, zwei ausschwenkbare Tischchen rechts und links, Radio und Fernseher mit Fernbedienung, in greifbarer Nähe ausgewählte Lektüre und die neuesten Zeitungen. Eine höchst aktive alte Dame.

Wenn sie eines Tages verlangt hätte, das Bett mit einem Außenbordmotor, Servolenkung und M&S-Reifen versehen zu lassen — es hätte mich nicht gewundert.

Es war mir klar, daß man bei so perfekter Überlebensausrüstung bereit war, das Sterben noch ein bißchen hinauszuschieben, auch wenn der Tod täglich beschworen wurde.

»Aurora«, sagte sie und musterte mich aus ihren steingrauen Augen, die wie Schlitze in dem felsenhaft zerklüfteten Gesicht standen. »Ein erstaunlicher Name. Haben Ihre Eltern Sie nach Aurora von Königsmarck benannt, der Mätresse Augusts des Starken?«

»Nein, nach dem Panzerkreuzer«, erwiderte ich und fühlte, daß ich rot wurde.

Nicht weil meine Mutter eine Anhängerin der russischen Revolution gewesen war, errötete ich in solchen Momenten, sondern weil meine alles andere als elfenhafte Gestalt gewisse Vergleiche nahelegte, die die Leute häufig zum

Grinsen brachten. Bei den Dreharbeiten hatte ich dann oft genug zu hören bekommen: ‘Aurora feuert mal wieder aus allen Rohren!’

Aber dergleichen lag Cäcilie Truckenbrodt fern. Sie enthielt sich jeden Kommentars, vielleicht, weil sie die Geschichte mit dem Kreuzer gar nicht kannte, und ihre Musterung meiner Statur schien durchaus zufriedenstellend auszufallen. Schließlich wußte sie ja, worauf es ankam: ich würde sie zu heben und zu tragen haben.

Der Balkon, wie gesagt, konnte einen mit vielem versöhnen.

Das Bergland sah im Morgenlicht immer so verlockend aus, daß ich am liebsten meinen Rucksack gegriffen hätte, um aufs Geratewohl loszustiefeln.

Aber das ging ja nicht. Denn Nina hatte, im Vertrauen auf meine Anwesenheit, bestimmt einen Vormittagstermin angenommen. Also mußte ich auf die Pflegerin warten, um mit ihr Mutterchens hygienische und kosmetische Morgenexerzitien zu absolvieren.

Die Pflegerin, eine mürrische, rothaarige Person mit stabilen Hüften und breiten Schultern, Schwester Elfriede geheißen, und ich, wir waren uns auf Anhieb unsympathisch. Ich konnte ihr nicht so recht abnehmen, daß sie bei ihrer Konstitution nicht imstande sein sollte, jemanden allein zu heben. Aber sie behauptete, sie ‘habe es im Kreuz’. Außerdem ließ sie keine Gelegenheit verstreichen, mir gegenüber zu betonen, daß Frau Truckenbrodt eine hochanständige Frau und dies Haus ein anständiges Haus sei. Offenbar hielt sie mich für nicht ganz so anständig, weil ich ihr, je länger, je häufiger, mit einem Glas Whisky in der Hand die Tür öffnete, wenn sie kam.

Ich aber brauchte schon beim Gedanken an sie und die Prozedur mit Mutterchen meinen ersten Schluck! Das

Fatale war, daß damit der Anfang gemacht war. Und dann gab es kein Zurück. Selbst wenn es nur ein leichter Weißwein war, die Lawine war im Rollen. Früher oder später landete ich dann doch beim Whisky.

Die Morgenbeschäftigung wurde meist von Schwester Elfriedes ausführlichen Betrachtungen über die Härte des Schicksals von Frau Truckenbrodt begleitet, die, eine Ureinwohnerin dieses Viertels und von stets musterhafter Haltung, 'genug gestraft' gewesen sei durch den 'losen Lebenswandel' ihrer Tochter Nina. Diese aber habe nun, unter dem Einfluß des Unheils, das über ihre Mutter hereingebrochen war, ihr Herz für ihre Mitmenschen entdeckt und sei wirklich wie umgekrempelt.

Formulierungen, die einem zu denken geben konnten.

Irgendwie erfuhr ich bei diesen Morgenpredigten nach und nach das ganze Leben Cäcilie Truckenbrodts, obwohl ich es gar nicht wissen wollte. Wie sie als 'armer Leute Kind' in die Familie des wohlhabenden Tischlermeisters eingeheiratet und durch ihre Willenskraft und eiserne Sparsamkeit ihr kleines Vermögen vermehrt habe, wie sie dann, in späten Jahren, noch mit der Tochter gesegnet wurde, die ihr so sehr viel Kummer gemacht habe — bis eben jetzt, zu diesem Zeitpunkt, an dem sie eine ganz andere geworden sei.

Schwester Elfriede bot die Episode Filmhochschule immer so dar, als ob es sich um das leibhaftige Sündenbabel gehandelt haben müsse, das die edlen Anlagen Ninas vollkommen verdorben habe. Daß ich auch mit dieser Institution zu tun gehabt hatte, wußte sie entweder nicht oder sie tat so, als wenn sie es nicht wüßte. Ich hatte keine Lust, sie aufzuklären. Ich schwieg und verbuchte die ganze Sache unter Milieustudien.

Bemerkenswert war übrigens, daß Cäcilie, also Mutterchen, zu diesen Tiraden schwieg wie das Grab. Kein

Kommentar. Nur ihre steinfarbenen Augen waren — wie ich fand, lauernd — auf mich gerichtet. Aber ich tat ihr nicht den Gefallen, mit der Wimper zu zucken.

Ein einziges Mal hatte ich die Beherrschung verloren. Das war, als Elfriede der lieben Frau Truckenbrodt eine Lektüre ins Haus brachte — irgend so ein rechtsradikales Schmierblatt voller Hetze gegen Ausländer und Linke, und es ihr mit leuchtenden Äuglein auf die Bettdecke legte: »Sehen Sie mal, da gibt es doch inzwischen wieder Leute, die für Recht und Ordnung im Lande eintreten!«

»Können Sie vielleicht dieses Ekelerzeugnis wegnehmen?« sagte ich. »Mir dreht sich beim bloßen Anblick der Magen um.«

Cäcilies Kopf schoß vipernhaft in die Höhe. »Haben Sie vergessen, daß Sie hier Gast sind?« fragte sie eisig.

Nein, hatte ich nicht. Also blieben nur der Whisky und der Balkon.

Da konnte ich meditieren, über mein Leben und über meine nächsten Projekte nachdenken (in dieser Reihenfolge), die Veränderungen der Landschaft bei wechselndem Licht betrachten, hin und wieder ein paar Aphorismen, Gedankensplitter, Regie-Intentionen, Filmideen (auch in dieser Reihenfolge) in meine schwarze Kladde notieren und darauf warten, daß die ersten Lichter aufflammten. Dazwischen verkürzte ich mir die Zeit durch Nahrungsaufnahme und Flüssigkeitszufuhr.

An jenem Abend saß ich auf diesem wunderbaren Balkon im Dunkeln und hatte Gelegenheit, Nina, die Vielfältige, in Aktion zu beobachten.

Nina leitete eine Versammlung der Liga zum Schutz der europäischen Heideflora. Das war der Verein, an den sie Pflanzen zu verteilen pflegte. Das Versammlungslokal, das dieser Verein sich gemietet hatte, lag schräg gegenüber von meinem Balkon in einer alten Villa, die nun wieder einem anderen Club gehörte.

»Ich bin bestimmt um 21 Uhr zurück«, hatte Nina gesagt, »und kümmere mich dann um Mutterchen, gebe ihr ihre Medizin und mache sie für die Nacht zurecht — auf den Schieber muß sie auch nochmal —, aber wenn es wider Erwarten später werden sollte, Aurora, Liebe, würdest du dann wohl mal einspringen?«

Da saß ich nun bei meinem soundsovielten Whisky und genoß die Vorstellung.

Es war ein warmer Abend, und der Verein hatte die Fenster des Versammlungsraums weit geöffnet. Das knappe Dutzend Ligisten saß im hellsten Lampenlicht wie auf dem Präsentierteller und gestikulierte. Es war wie ein Konzert im Fernsehen mit abgestelltem Ton.

Nina drehte mir den Rücken zu.

Ich sah ihren Hinterkopf, das ehemals so fusselige und uninteressante Haar dank raffinierter Friseurkünste üppig aufgebauscht, und ihre Arme, die so dramatisch herumfuchtelten wie die eines Dirigenten, der Mahlers Spätwerk interpretiert.

Vielleicht war das alles für sie wirklich wie Musik.

Hin und wieder nahm ich einen Schluck von meinem Whisky. Es war windstill, die Rosen dufteten, ringsum auf den Hügeln gingen nach und nach die Lichter an. Eine Idylle.

Und um mein Glück vollständig zu machen, fing die Versammlung da drüben offenbar an, sich aufzulösen. Irgendein Antrag wurde zur Abstimmung gebracht, Hände flogen in die Höhe und dann begann nach einer Replik Ninas das übliche Papierezusammenkramen, Taschenschließen, Stühlerücken. Die ersten verabschiedeten sich.

Ich sah auf die Uhr. Zwanzig vor neun.

Zwar weiß jedermann, daß das offizielle Ende einer Sitzung noch lange nicht den Schluß derselben bedeutet. Da gibt es noch die Gruppenpalaver, der oder jener tritt an den Leitenden des Ganzen heran, um sich anzuschmieren oder seinen ganz persönlichen Senf dazuzugeben — dennoch, da war Hoffnung. Ich hatte gute Chancen, um Mutterchen herumzukommen.

Voll freudiger Erwartung goß ich nach und nahm einen kräftigen Schluck.

Unter den Kastanien, die den Vorgarten der alten Villa und die Straße beschatteten, tauchte eine Gestalt in dunklem Anzug und breitkrempigem Hut auf, die Hände in den Taschen, und sah zu den erleuchteten Fenstern empor. Sicher ein Angehöriger, der einen Ligisten oder eine Ligistin abzuholen gekommen war.

Im Raum befanden sich jetzt außer Nina nur noch ein Mann und zwei ältere Frauen. Ich tippte auf eine der beiden Ladies, denn dieser trotz sommerlicher Temperaturen konventionell gewandete und schwer behütete Zeitgenosse gehörte wohl einer im Aussterben begriffenen Generation an.

Nina, beeile dich! — Ich sah zur Uhr. Immer noch zehn Minuten, kein Grund zur Panik.

Nina stand, eine klar umrissenen Silhouette, vor dem offenen Fenster, die Arme in rednerischem Schwung gebreitet.

Der Mann im Anzug auf der Straße zog jetzt seine rechte Hand aus der Tasche und hob sie in Augenhöhe. Etwas glänzte im Laternenlicht. Er hatte irgendein kleines Ding hervorgezogen.

Auf einmal, anhand dieser Bewegung, die sehr zielstrebig und präzis erfolgte, wußte ich, daß ich ihn kannte. Ich kannte auch dies Habit, den Anzug, den Hut, die wunderliche Mode, sich stets seriös zu geben.

Nina erstarrte inmitten der Bewegung. Dann fiel sie so langsam wie ein Blatt, das an einem windstillen Herbsttag vom Baum segelt.

Die Schreckensschreie der Anwesenden drangen durch die ruhige Nacht sogar bis zu meinem Balkon herauf.

3

Ich kann es nicht ausstehen, gegen meinen Willen an einem Ort festgehalten zu werden.

Nicht, daß irgendwer oder irgendwas auf der Welt auf mich gewartet hätte — Angehörige habe ich keine, den letzten Liebhaber wurde ich vor einem halben Jahr los, als er merkte, daß keine Schecks mehr eingingen, und neue Arbeit war ohnehin nicht in Sicht.

Aber als mir der Kerl — Kommissar, Inspektor, oder was immer er war — zu erklären begann, ich hätte mich als Zeugin des Mordes zu Vernehmungen bereitzuhalten, setzte es bei mir aus. Ich wollte nur noch weg.

»Wir können Sie ja verstehen, Frau Lenssen«, sagte der Kerl. (Daß die auch im Plural redeten, wenn sie einzeln auftraten, war mir neu, ich kannte dergleichen bisher nur aus dem Krankenhaus.) »Der Schock und so. Aber das ist wirklich unmöglich. Sie können nicht weg. Natürlich müssen Sie nicht hier in der Wohnung bleiben. Wir zahlen Ihnen ein Hotel.«

»Bis zur endgültigen Aufklärung des Falls, oder wie lange?« fragte ich giftig zurück.

Er sah mich ohne die Spur eines Lächelns an. Humor stand wohl nicht in der Dienstvorschrift. Im übrigen war er kein schlecht aussehender Bursche mit seinem Grübchen im Kinn und den dunklen Augenbrauen.

Aber vielleicht vernebelte mir auch der Whisky ein bißchen den Blick — so wie er mir, sehr zu meinem Leidwesen, die Zunge schwer machte. Es ging auf Mitternacht, und ich hatte mich berechtigt gefühlt, in Anbetracht der Sachlage der Flasche reichlich zuzusprechen. Mein Kopf blieb stets glasklar, das Problem war nur, daß meine Sprache mir nicht mehr ganz gehorchte. Aber niemand war bereit, mir in einem solchen Fall ersteres abzunehmen. Das kannte ich zur Genüge.

Wir saßen in Cäcilies Zimmer.

Die alte Truckenbrodt hatte darauf bestanden, daß ich meine Aussage in ihrer Gegenwart machte. Sie hielt sich bewundernswert. Der Tod ihrer Tochter, schließlich ihrer einzigen Bezugsperson, schien sie weder sonderlich zu erschüttern noch aufzuregen. Der vorsorglich gleich zu ihr gerufene Arzt kam nicht in die Verlegenheit, ihr etwas zur Beruhigung verabreichen zu müssen. Sie verlangte lediglich ihre abendliche Medizin und ihre Pflegerin, damit sie nicht so allein sei.

Diese nun, die von mir so geliebte Schwester Elfriede, war die vierte Person im Raum.

Sie hockte neben Cäcilies Bett auf einem Stuhl, offenbar kurz vorm Einschlafen. Wenn ich etwas sagte, hob sie den Kopf und sah mich mit ihren kleinen wasserhellen Äuglein voller Mißbilligung an.

»Also nochmal, Frau Lenssen, Abreise ist ausgeschlossen«, bemühte man sich von Amts wegen um mich.

»Wieso? Ich nehme den Frühzug.«

Der Diener der Justiz stieß pfeifend die Luft aus. Anscheinend war er am Ende seiner Geduld.

»Ich habe Ihnen gesagt –«

»Und ich habe Ihnen gesagt, daß ich weg will. Das ist Freiheitsberaubung.«

So was hatte ich mal im Fernsehen gehört. Überhaupt kam mir alles wie im Film vor: Der Kerl, die Rote, die Alte im Bett und ich, die angetrunkene Dicke, zusammengesperrt in dem schwülen Krankenzimmer, und ich auf einmal im Mittelpunkt des Interesses, weil ich was gesehen hatte und die anderen nicht.

An dieser Stelle wurde die Rote auf einmal gefährlich munter. Ihre Augen glitzerten, und sie hob den Finger wie in der Schule.

»Ja, Schwester Elfriede?« kam ihr der Kommissar, genervt, aber liebenswürdig, entgegen.

»Das geht überhaupt nicht, daß Frau Lenssen von hier verschwindet«, verkündete sie. »Unmöglich. Auch nicht ins Hotel. Allein kann ich Frau Truckenbrodt morgens nicht umbetten.«

Sie sah triumphierend von einem zum andern, und triumphierend sah auch der Polizeimensch aus – unerwartete Schützenhilfe.

»Dann muß Frau Truckenbrodt eben in ein Pflegeheim«, gab ich zurück.

Die rote Elfriede hätte fast aufgeschrien vor moralischer Entrüstung.

»Also das ist doch …! Was wollen wir denn der armen Frau noch alles zumuten! Sagen Sie mal was, Herr Kommissar!«

Ich konnte sie ja verstehen. Es ging ihr um den Erhalt des Jobs hier im Haus.

Für den 'Herrn Kommissar' mußte das natürlich ein gefundenes Fressen sein. Aber bevor er überhaupt den Mund aufmachen konnte, ließ sich zum allgemeinen Erstaunen Cäcilie von ihrem Lager her vernehmen.

Sie hatte nämlich diesen ganzen langen gräßlichen Abend bisher noch nichts geäußert außer der energischen Forderung, daß alle zu ihr in den Salon zu kommen hätten. Diese Forderung hatten wir ihrer Furcht vorm Alleinsein in dieser schrecklichen Situation, das Schweigen ihrem Schmerz, dem Schock oder beidem zugeschrieben.

Cäcilie also tat den Mund auf, und ihre Stimme, eine leise, klare, ganz gefühllose Stimme, sagte: »Schwester Elfriede hat recht. Ich will nicht weg von hier. Und ich habe mich auch sehr an Sie gewöhnt, Aurora. Jetzt, wo meine Tochter nicht mehr ist — ich bitte Sie. Bleiben Sie doch bei mir. Es ist wirklich nicht nur des Umbettens wegen.«

Ich goß mir den letzten Whisky ein.

Sowas hatte ich nun wirklich nicht erwartet.

»Ich bin sicher, daß Frau Lenssen nicht nein sagt — sie und ich, wir haben schließlich meine Tochter beide geschätzt. Geschätzt und geliebt. Ja. Und sie wird uns helfen, den Täter ausfindig zu machen — jene dunkle Gestalt. Herr Kommissar — Schwester — ich danke Ihnen, daß Sie heute abend hier waren. Ich bin jetzt müde.

Morgen steht Ihnen Frau Lenssen zur Verfügung — also nach meiner Umbettung. Gute Nacht.«

»Gute Nacht«, murmelte der Kommissar und erhob sich. Offenbar war er über die plötzliche Rede der alten Dame genauso perplex wie wir anderen zwei.

Auch die Schwester war aufgestanden. Sie blickte mit ihren wässrigen, hellbewimperten Augen so fasziniert auf ihre Patientin wie das Kaninchen auf die Schlange. Offenbar gab sie ihr Rätsel auf.

»Gute Nacht, Frau Truckenbrodt«, stammelte sie. »Brauchen Sie noch —« sie vollendete den Satz nicht. Da ihr offenbar nichts anderes einfiel, murmelte sie: »Nochmals mein Beileid.«

»Danke«, sagte Cäcilie teilnahmslos.

Ich erhob mich ebenfalls. Zu meinem Verdruß merkte ich, daß ich schwankte.

»Bleiben Sie noch einen kleinen Augenblick bei mir, Aurora.« Cäcilie Truckenbrodt deutete auf den Stuhl, der noch warm war von Schwester Elfriedes Hintern.

4

»Ohne Umschweife, Aurora. Was haben Sie wirklich gesehen?«

Der Teufel weiß, wieso, aber bei der Ausfragerei des Herrn Kommissars oder Inspektors hatte ich einfach keine Lust gehabt, mehr zu erzählen, als daß die dunkle Gestalt eines Mannes auf der Straße aufgetaucht war, zehn vor neun, und ich gedacht hatte: der will jemanden abholen, und dann fiel Nina auf einmal um. Muß man ihnen denn alles auf die Nase binden? Diese heillose Wichtigtuerei, diese aufgesetzte Geschäftigkeit hatte mich geärgert. Aber das war es nicht allein.

Jetzt, als ich auf dem Stuhl neben dem Kopfende von Cäcilie Truckenbrodts Bett saß — sie neben mir, an ihrem 'Zügel' hochgezogen, die eisernen Muskeln des welken Nackens angespannt unterm grauen Haar, den Blick schweifend — jetzt wurde mir klar, was sie mir zeigen wollte.

In ihren Spiegeln hatte sie dasselbe gesehen wie ich auf meinem Balkon.

Ohne den ganzen Whisky im Leib wäre mir jetzt bestimmt kalt geworden. Aber es gibt Arten von Schrecken, die zunächst mal gegen alles andere abstumpfen, und so ein Mord vor ein paar Stündchen scheint dazuzugehören.

Ich gähnte.

»Na, das wissen Sie doch«, entgegnete ich, so locker, wie ich es mit meiner schweren Zunge nur fertigbringen konnte.

Cäcilie warf mir einen Blick zu, der nicht ohne Anerkennung zu sein schien.

»Warum haben Sie dem Polizisten nicht gesagt, daß der Kerl Hut und Anzug trug?«

»Warum haben Sie's nicht getan?« gab ich zurück. Langsam ging sie mir auf den Geist.

»Wer seinen Mann hat lieb/bind't ihm nicht alles auf'n Hieb«, sprüchelte sie unpassenderweise. War der Mann, den sie liebte, der Kommissar, oder wer?

Mir wurde das Ganze zu bunt.

Ich erhob mich, bemüht, das Gleichgewicht zu bewahren.

»Also dann bis morgen«, sagte ich möglichst unbefangen. »Versuchen Sie zu schlafen. Es ist alles so tragisch.«

Kurz bevor ich an der Tür war, erreichte mich ihre leise, kühle Stimme wie ein Hieb.

»Sie kannten den Mann, nicht wahr, Aurora?«

Was dann kam, konnte ein Kichern sein. Aber auch ein Schluchzen.

5

Dank des Whiskys schlief ich wie ein Stein.

Als es an meine Tür pochte — oder donnerte, um es genau zu sagen —, wachte ich gerade aus einem sehr anregenden Traum auf. Ich hatte praktisch den Anfang eines neuen Films geträumt.

Nacht. Außen. Auf einem Balkon sitzt eine dicke Frau. Sie beobachtet ein hell erleuchtetes offenes Fenster im gegenüberliegenden Haus. Die Leute gestikulieren und reden (ohne Ton). Musik ab. Schnitt. Eine klare Silhouette in Hut und Anzug taucht vor dem erleuchteten Fenster auf. Er hebt die Hand mit der Pistole. Musik aus. Ein Schuß fällt. Nahaufnahme auf das Gesicht des Mannes. Es ist —

Ich richtete mich pfeilgerade im Bett auf.

»Wer ist da?«

Mein Herz ging wie ein Schmiedehammer.

So ein Erwachen konnte einem den ganzen Tag versauen.

»Herr Hansmeier ist schon gekommen«, verkündete eine Stimme hinter der Tür, die ich mit etwas Mühe als die der teuren Schwester Elfriede identifizierte. »Und Frau Truckenbrodt muß noch umgebettet werden.«

Frau Truckenbrodt, gut — oder vielmehr schlecht. Aber wer zum Teufel sollte Herr Hansmeier sein?

»In zwanzig Minuten!« rief ich der gottseidank verschlossenen Tür zu.

»Zwanzig Minuten? Frau Lenssen, solange können wir ihn nicht warten lassen!«

»Also gut, zehn«, log ich, wie ich schon so oft gelogen hatte, um die Leute hinzuhalten.

Da konnte nun kommen, was wollte. Der verkaterte, verschwitzte, fette, formlose, stinkende Klumpen, der da morgens dem Bett entstieg, brauchte seine zwanzig Minuten unter der Dusche und im Bad, bevor Aurora Lenssen überhaupt fähig war, sich selbst im Spiegel zu erkennen. Und solange hatte gefälligst zu warten, wer auch immer es sein mochte.

Nicht, daß ich unter der Dusche meine Gedanken ordnete. Es ging ums rein Physische. Dieser Leib, der unter den Fluten des abwechselnd heißen und eiskalten Wassers erschauerte, gewann sozusagen seine Konturen zurück. Später würde sich auch der Geist wieder einfinden. Aber erstmal ging es um den Leib.

Als ich das Zimmer wieder betrat, konnte ich schon sehen, daß die Sonne schräge Lichtstrahlen durch die Jalousie warf. Schien ein schöner Tag zu werden.

Draußen erwarteten mich vorwurfsvolle Gesichter.

Herr Hansmeier erwies sich als der Kommissar oder Inspektor von gestern. Bestimmt hatte er sich auch vorgestellt, aber in der Aufregung hatte ich nicht darauf geachtet. Bei Tageslicht wirkte er noch annehmbarer als gestern abend. Wahrscheinlich war es der, den sie sonst immer als Witwentröster einsetzten. Die sauertöpfische Miene stand ihm überhaupt nicht, aber ich kam nicht dazu, es ihm zu sagen, denn er belegte mich gleich mit Beschlag. Er könne nicht meinethalben den ganzen Tag vertrödeln, und man erwarte uns im Präsidium.

Trotzdem dauerte es noch. Ohne meinen Kaffee rührte ich mich nicht aus dem Haus, und außerdem hatte ich ja noch Schwester Elfriedes Forderungen an mich zu erfüllen.

Cäcilie Truckenbrodt wirkte heute morgen genauso wie immer: mürrisch, wortkarg, verkniffen. Man merkte ihr weder Trauer noch Schock an.

Gemeinsam mit Elfriede hob ich den knochigen Körper der alten Frau aus dem Bett auf die danebenstehende Liege, damit die Schwester dann das Bett lüften und frisch beziehen, ihre Patientin waschen, den Rücken mit Franzbranntwein abreiben und sie mit einem neuen Nachthemd bekleiden konnte. Ich ging ihr dabei zur Hand. Ich mußte ja ohnehin warten, bis ich beim Rückbetten zuzugreifen hatte.

Cäcilies welke Haut zeigte keinerlei Spuren von Wundsein. Ob das auf die gute Pflege, das Luftkissen unter ihren Hüften oder einfach auf ihren eisernen Willen zurückzuführen war? Sie hielt erstaunlich durch. Diese Kraft, mit der sie Kopf und Oberkörper am Zügel hochzog aus ihrer Matratzengruft! Zäh, das mußte ihr der Neid lassen.

Übrigens tat sie unseres Gesprächs von gestern abend mit keinem Wimpernzucken Erwähnung.

Hansmeier klapperte ungeduldig mit den Autoschlüsseln.

6

Wir steckten im Stau, und es war glühend heiß.

Hansmeier fluchte vor sich hin. Von Zeit zu Zeit warf er mir einen unfreundlichen Blick zu. Es war offensichtlich, daß er mir die Schuld gab; durch meine Trödelei hatte uns die vormittägliche Rush-hour ereilt.

Dabei litt ich mehr als er.

Dicke Leute können nun einmal schlecht Hitze vertragen. Ich wischte mir pausenlos Stirn und Nacken und fächelte mir mit einem meiner alten Filmprogramme, die ich aus Reklamegründen immer in der Handtasche mit mir herumzuschleppen pflegte, etwas Luft zu.

»Warum müssen Sie mich eigentlich noch auf dieses Präsidium schleifen«, unterbrach ich endlich das Schweigen. »Ich habe doch gestern alles zu Protokoll gegeben. Unterschreiben kann ich auch zu Hause, was Sie mir vorlegen.«

Hansmeier schnaubte durch die Nase.

»Meine Dame«, sagte er und nützte zunächst mal die Gelegenheit, den Kühler des Wagens zehn Meter vorwärtszubewegen. »Meine Dame, ich denke doch, es gäbe da noch einige Details, die zu verifizieren wären.«

Ich mußte innerlich grinsen. Das war ein Stil, der überhaupt nicht zu ihm paßte, so wie er aussah.

»Gestern abend — nun, also gestern abend waren Sie ja verständlicherweise etwas aus dem Häuschen.« ('Aus dem Häuschen' gefiel mir schon bedeutend besser.)

»Herr Inspektor — oder Kommissar —« ich ließ die Anrede in der Luft hängen, aber er tat nichts, um mich von der Richtigkeit oder Unrichtigkeit der einen oder der anderen Version zu überzeugen. »Also lieber Herr Hansmeier, was verstehen Sie denn darunter?«

Er rückte wieder ein Stückchen vor. Voller Ungeduld schlug er mit der flachen Hand aufs Lenkrad. Ein fixer Kerl, einer der es haßt, zu trödeln.

»Ich meine damit«, erwiderte er, und die Wut über den Stau ließ ihn wohl die gebotene Vorsicht bei der Wortwahl vergessen, »daß Sie gestern abend möglicherweise nicht fähig waren, alles zu sagen, was Sie gesehen haben — oder auch, daß Sie mir etwas erzählt haben, was Sie gar nicht sahen. So, wie Sie sich da aufführten.«

»Ach, Sie meinen, ich wäre zu besoffen gewesen?«

Um ein Haar hätte er die Stoßstange des Vordermanns erwischt.

»Zumindest hatten Sie aufgrund des Schocks —«

Ich unterbrach ihn.

»Blödsinn. Ich war schon vorher kräftig beim Whisky. Und um ganz ehrlich zu sein: der Schock hält sich in Grenzen. Ich bin Film-Regisseurin, Spezialität Actionfilme. Da regt einen so was eher an als auf.«

Er hatte sich jetzt wieder ganz in der Gewalt.

»Sie meinen, Sie haben eine üppige Phantasie?« Er rückte wieder ein paar Meterchen vor.

»Wenn Sie damit ausdrücken wollen, ich spinne — Fehlanzeige. Selbst wenn ich lalle und schwanke, mein Kopf bleibt klar und mein Auge auch. Mein Job, Sir.«

Er nahm den Duktus auf.

»Okay, Lady. Und wieviel hatten Sie intus?«

Sweet, der Typ.

»Als ich bei Ihrer Firma anrief, die halbe Flasche. Was noch drin war, als Sie kamen, haben Sie ja gesehen.«

Er betrachtete mich, ich weiß nicht, ob mitleidsvoll oder bewundernd, und wechselte das Thema.

»Sie sagten vorhin, der Schock hielt sich in Grenzen. In bezug auf den Tatvorgang oder auf Ihre Beziehung zu der Ermordeten?«

»Auf beides.«

Hansmeier kniff die Augen schmal und reckte den Hals.

Da vorn bot sich eine Gelegenheit, dem Stop-and-go zu entfliehen. Er fädelte sich in eine Lücke, schoß vor, setzte sich einem wild hupenden Mercedes vor die Nase, scherte für zehn Meter auf den Fußweg aus und bog dann in eine Seitenstraße ein.

»So, das hätten wir«, brummte er befriedigt. »Also wie war das gleich?«

Ich zuckte die Achseln.

»Man kann nicht unbedingt sagen, daß wir Busenfreundinnen waren, Nina und ich. Bis auf eine gewisse Zeit während unseres gemeinsamen Studiums hatten wir wirklich keine Berührungspunkte. Sie war nicht mein Fall, und ich auch nicht ihrer.«

»Aber Sie machten bei ihr Urlaub?«

»Sie behauptete, mein letzter Film hätte sie so beeindruckt.«

»Merkwürdig«, knurrte er. »Und Sie nahmen an, trotz Ihrer — Entfremdung?«

»Ja, ich war pleite und brauchte mal Ruhe. Daß ich hier Krankenpflegerin spielen sollte, wußte ich da noch nicht.«

Er lachte — das erste Mal, seit wir uns kennengelernt hatten. Seine Zähne waren ebenmäßig. Auf der Wange erschien ein Grübchen. Ein hübscher Kerl. Nur im falschen Beruf tätig.

»Ich wußte gar nicht, daß die Verstorbene auch in Ihrem Fach beschäftigt war.«

(Er ließ nicht locker.)

»War sie auch nicht mehr. Sie zog es vor, ihr Geld auf andere Weise zu verdienen.«

»Auf welche Weise, bitte?«

Mir riß der Geduldsfaden.

»Hören Sie, ich weiß es nicht. Es hat mich nicht interessiert.«

»Männergeschichten?«

»Herrgott —!«

Das Gespräch war mir über.

Wir fuhren immer noch durch begrünte Seitenstraßen. Ich hatte inzwischen das Gefühl, daß er mit Absicht Umwege wählte, um sein kleines Verhör weiterzuführen, und ich sagte ihm das.

Er grinste mich an.

»Sie sind ein pfiffiges Kind. Aber nur ruhig Blut, gleich sind wir da.«

»Und Ihr Chef wird mich vermutlich nochmal dasselbe fragen!«

»Vermutlich.«

»Zum Teufel, was wollen Sie von mir? Ich habe sie nicht erschossen ...«

»Aber Sie sind die einzige Person, die den Mörder gesehen hat.«

»Sind Sie sicher?«

Es war mir nur so rausgerutscht, aber er reagierte ganz gelassen.

»Wenn Sie die alte Dame mit ihren Spiegelchen meinen — Fehlanzeige. Sie hat die ganze Zeit tief und fest geschlafen.«

Das verschlug mir die Sprache.

7

Bei Hansmeiers Chef erfuhr ich mehr über Nina als er von mir über den Mord.

Meine Dämlichkeit war nicht gespielt, und ich vermochte sie so überzeugend zu präsentieren, daß es dem Mann mit den gepflegten grauen Schläfen (Typ heimlicher Oberkellner) offenbar zum Bedürfnis wurde, mich armes Schaf aufzuklären.

Nina Truckenbrodt, so erfuhr ich zu meiner unverstellten Überraschung, hieß eigentlich Nina Ostrowski. Sie war verheiratet, lebte aber von ihrem Mann (dem zweiten! wieder Erstaunen!) getrennt. Herr Ostrowski ging wichtigen Geschäften in Argentinien nach, welcher Art die auch immer sein mochten.

Ja, er war benachrichtigt worden.

Wovon Frau Truckenbrodt-Ostrowski gelebt hatte, wünschte der polizeiliche Oberboß dringend von mir zu erfahren.

Ich hätte es auch gern gewußt.

Ninotschka war eine wahre Zierde jedes nur immer eingetragenen Vereins gewesen, hatte sich wärmstens für Transvestiten, Taubblinde, geschmuggelte Papageien und Greisinnen mit Alzheimer engagiert, aber alles völlig unentgeltlich. Nun, ich wußte ja zur Genüge, wie sie durch die Gegend sauste.

Sie bekam eine mehr als knappe Apanage von ihrem Gatten. Ihr Konto aber, so erfuhr ich voller Verblüffung, wies Beachtliches links vom Komma auf. Dabei hatte ich mir meinen Whisky immer selbst kaufen müssen, und daß der Kühlschrank besonders gut gefüllt war, hatte ich auch nie erlebt.

Unsere tote Nina, das unbekannte Wesen.

Aber auch der Herr mit den grauen Schläfen konnte mir trotz väterlicher Überredungskunst keine Details über den schwarzen Mann der vergangenen Nacht entlocken. Ein schwarzer Mann mit einer Pistole eben. Nie vorher gesehen.

Hansmeier war da und erbot sich, mich zurückzufahren, als er die Sinnlosigkeit der Bemühungen seines Chefs feststellte. Ich lehnte ab, zu meinem geheimen Bedauern. Die Gesellschaft dieses Mannes war mir nicht unangenehm. Aber erstens wollte ich nachdenken, und zweitens hatte ich keine Lust, wieder von seinen Fragen gelöchert zu werden.

Der Weg vom Präsidium bis in die Vorstadt war zu Fuß bei weitem nicht so mühselig wie mit dem Wagen, und sehr viel mehr Zeit nahm er auch nicht in Anspruch.

Ich schlenderte zwischen den eiligen Passanten dahin, ließ mir den Wind durch die Bluse wehen und kühlte mich von innen mit einem großen Zitroneneis ab.

Tatsache war, daß jene Nina Truckenbrodt-Ostrowski, die gestern abend in der Villa gegenüber mit einem glatten Herzdurchschuß gelegen hatte, nicht die geringste

Gemeinsamkeit mit der besaß, die ich von der Hochschule her zu kennen glaubte. Wäre ich der nun Toten gestern unvorbereitet auf der Straße begegnet, so hätte ich in der mondän gestylten Person mit den Klunkern in den Ohren nie die kleine dürre Nina mit dem fusseligen Haar und dem begehrlichen Blick entdeckt. Das einzige, was diese mit jener verband, war, daß ich für keine von beiden Sympathie aufbringen konnte.

Über Tote nur Gutes, heißt es. Aber was war das Gute an Nina? Es fiel mir partout nicht ein.

Und was mochte den alten Besen zu Hause auf seinem Bett wohl veranlaßt haben, dem Kommissar zu erklären, sie habe geschlafen — wo sie doch offenbar genauso deutlich wie ich jene markante Erscheinung gesehen hatte, die dann den Finger am Abzug krumm machte?

Was mochte sie überhaupt zurückgetrieben haben aus dem Krankenhaus, wo sie ihre gesicherte Pflege hatte, in dies schäbige, schmuddlige, trostlose Haus, in dem sie nur Vernachlässigung erwartete — angeblich, um ‘in Ruhe und in ihrem Bett’ zu sterben? Gewiß doch nicht die dürren Arme ihrer Tochter?

Ich beschleunigte meine Schritte. Cäcilie hatte ja kein Mittagessen. Ein neuer Aspekt — ich war jetzt verantwortlich.

An einer Bude kaufte ich Döner. Dann fiel mir ein, daß sie dergleichen wahrscheinlich verschmähte, und ich erstand noch eine Bratwurst mit Salat und ließ sie dazupacken.

Das ganze Zeug wäre mir um ein Haar auf die Truckenbrodtsche Diele geklatscht, als ich den Briefkasten öffnete. Da gab es nämlich einen an mich adressierten Brief, und ich kannte die Handschrift genau. Sie stammte von jenem Mann, den ich gestern abend vom Balkon aus beobachtet hatte.

8

Cäcilies Genörgel übers Essen rauschte an mir vorüber wie ein ferner Fluß. (Natürlich mochte sie weder Döner noch Bratwurst.) Auf meinen Hinweis, daß sie sich ja per Telefon etwas hätte bestellen können, hielt sie mir giftig entgegen, ob die denn durchs Fenster liefern sollten, da sie ja nicht an die Tür könne, und damit hatte sie natürlich recht.

Sie verlangte nach einem Tee, den ich ihr, geistig abwesend, brühte, und erklärte, daß sie leider nicht in der Lage sei, ihre Körperfunktionen auf Null zu reduzieren, so daß nun, da ja niemand mit dem Steckbecken zur Hand gewesen sei, ihre Windel voll sei. Auch das erledigte ich wie benommen.

Ich wollte meinen Brief lesen.

In meinem Zimmer riß ich mit fliegenden Fingern den Umschlag auf. Ja, das war sie, diese unverkennbare Schrift, die großen schwungvollen, gleichsam vorwärtsdrängenden Buchstaben.

Als Mann von Format hatte Hannibal Portnoi sich sehr früh angewöhnt, auch sehr großformatiges Briefpapier zu benutzen — DIN A3, und war dieser Gewohnheit treu geblieben. Nun, bei der Größe seiner Schriftzüge brauchte er eben Platz.

Der Inhalt.

Ich starrte das Blatt an.

'Aurora, meine Liebe. Schön, zu wissen, daß du hier bist. Annibale.'

Das Schrillen des Haustelefons und das gleichzeitige Bimmeln der Krankenglocke rissen mich aus meiner Erstarrung. Ich murmelte einen Fluch und eilte an Cäcilies Lager.

»Haben Sie Bohnen in den Ohren?« empfing sie mich auf ihre reizende Art. »Ich betätige diese Apparate schon seit —«

»Hier bin ich«, sagte ich lakonisch. Im Moment hatte ich nicht die Nerven für Rangeleien mit hinterhältigen, bettlägerigen und angeblich todgeweihten alten Damen.

»Ich hätte gern erfahren, ob Post da war.«

»Nein, war nicht.«

»Ich habe aber doch gehört, daß etwas eingeworfen wurde vorhin.«

»Das war für mich.«

»Für Sie? Sie haben hier doch bisher nie Post erhalten. Hatten Sie denn überhaupt jemandem mitgeteilt, daß Sie hier wohnen?«

»Frau Truckenbrodt. Ich habe Post bekommen. Also muß jemand wissen, daß ich hier wohne. Genügt Ihnen das?«

Sie musterte mich eisig aus ihren Augenschlitzen im felsig verwitterten Gesicht. Sie war mir unheimlich. Vieles war mir unheimlich. Ich faßte einen jener spontanen Entschlüsse, für die ich als Regisseurin berüchtigt war — einfach aus dem Bauch heraus.

»Ich habe keine Lust, mich von Ihnen wie das Kammermädchen behandeln zu lassen und Ihre Schikanen ohne Gehalt entgegenzunehmen. Kurz und gut, Frau Truckenbrodt: ganz egal, welche Vorstellung Sie da gestern vor Elfriede und dem Kommissar gegeben haben — ich ziehe aus.«

»Sie wollen eine alte, todkranke, vom Schicksal hart gebeutelte Frau allein lassen? Niemand hat noch Pflichtgefühl!«

Sie konnte sich die wehleidige Tour überstülpen wie man sich eine Maske aufsetzt. Aber die Augen lauerten weiter.

»Richtig«, sagte ich schnöde. »Nehmen Sie Elfriede für ganztags. Oder jemand anderen. Sie können's ja sicher bezahlen.«

»*Das* geht Sie nun gar nichts an.«

Schon wieder dieser patzige Ton. Er machte mir die Sache leichter.

»Da haben Sie völlig recht. Es geht mich genauso wenig an wie alles hier im Hause. Die ganze Familie Truckenbrodt-Ostrowski inklusive dem Mord an Nina geht mich nichts an.«

»So?« sagte sie höhnisch. »Nun, wir werden ja sehen, wie Sie sich aus der Geschichte herauswinden.«

»Aus welcher Geschichte?«

»Der Geschichte mit diesem Mann.«

Mich überlief es.

»So lange Sie erklären, tief und fest geschlafen zu haben, Gnädigste, so lange bleibt dieser Mann eine nebulöse Figur.«

»Ja, so lange!«

Ich verzichtete darauf, etwas auf diese Drohung zu erwidern. Ich hatte die Nase voll von ihr. Ging in mein Zimmer und stopfte in aller Eile meine Sachen in den Koffer. Den Brief von Portnoi legte ich obenauf.

Jetzt hätte ich einen Whisky vertragen können, aber da war kein Tropfen mehr.

Zwei Straßenzüge weiter hatte ich eine kleine Pension gesehen, dahin wollte ich verschwinden. Endlich Ruhe, und endlich Ordnung in das Chaos meines Kopfes bringen!

Ich sagte Cäcilie nicht 'Auf Wiedersehen' und verschwand ohne Gewissensbisse aus dem Haus. Die kam schon zurecht!

In der Pension ließ ich mir ein ruhiges Zimmer nach hinten geben — bloß keinen Balkon mit Blick aufs Bergland oder auf irgendwelche erleuchteten Versammlungsräume! Den Bourbon hatte ich mir unterwegs besorgt. Dann ging ich unter die Dusche.

Das erste Glas des Tages in mir, sank ich auf ein Bett, das ich nicht selber zu machen hatte, legte die Beine hoch und studierte noch einmal die sinnlose Mitteilung in der einmaligen Schrift:

'Aurora, meine Liebe. Schön zu wissen, daß du hier bist. Annibale.'

9

Annibale. Hannibal Portnoi. Der wahre, der tiefste und eigentliche Grund meiner mangelnden Sympathie gegenüber Nina Truckenbrodt.

Hannibal mit der dunklen Locke über den schmalen Augenbrauen und den kantigen Kinnbacken, mit den Schultern eines Preisboxers und dem wiegenden Gang. Seine Familie war nach '45 aus der Emigration zurückgekommen, jedenfalls dieser Zweig.

Andere lebten, sofern sie nicht in den Gaskammern umgekommen waren, in Israel und in den Staaten.

Obwohl Hannibal steif und fest behauptete, einer Dynastie von Heringskrämern und Altkleiderhändlern zu entstammen, waren sein Stil und sein Benehmen eher typisch für einen maßlos verwöhnten orientalischen Prinzen, und wir fragten uns verwundert, was er auf der Filmhochschule suchte. Als wir es wußten, war es zu spät.

Hannibals erklärte Absicht war es, Kameramann zu werden. Ob er jemals begriffen hatte, wo man in dies Ding überhaupt hineinsieht, weiß ich nicht. Nicht aus Unfähigkeit, sondern aus Faulheit. Trotzdem war er von Anbeginn der meistbegehrte Kamera-Aspirant — bei den weiblichen Regie-Studenten. Wie viele sich ihre beruflichen Chancen gefährdeten, weil Hannibal so miserable Bilder machte, ist nicht dokumentiert. Aber es konnte als sicher gelten, daß er mit jeder von ihnen ins Bett gegangen war.

Hannibal, der es schon damals vorzog, sich italianisierend Annibale zu nennen, mit dem Akzent auf dem »i«, hatte ein geradezu kindisches Faible für das Chicago der zwanziger Jahre, für die Zeit der Prohibition und des Alkoholschmuggels, der Bandenkriege und der rivalisierenden Mafia-Bosse. Wieso, wußte keiner. Vielleicht, weil er Verwandtschaft in der Gegend hatte. Jedenfalls fing er sehr bald an, seine Kleidung in diese Richtung zu stilisieren. Zu den Anzügen mit den wattierten Schultern kamen bald die zweifarbigen Schuhe, die Handschuhe aus Büffelleder, der berühmte Hut — erst versuchte er es mit einem Stetson, aber als er herausfand, der kleide ihn nicht, wurde es dann einer mit breiter Krempe —, und da es die Sippe aus den Staaten nicht an Zuschüssen fehlen ließ, fuhr er auch bald ein offenes Auto. Der Colt im Schulterhalfter fehlte zwar, aber irgendwann hatte er sich ein revolverförmiges Feuerzeug besorgt und irritierte die Damenwelt durch lässiges und genaues Ziehen dieses Spielzeugs — jedenfalls so lange, bis man Bescheid wußte. Nun, inzwischen schien er auf scharfe Waffen umgestiegen zu sein.

Ich starrte wieder auf den Brief. 'Aurora, meine Liebe —'

Das ging alles überhaupt nicht zusammen. Dieser herrliche Kindskopf, dieser verwöhnte Phantast, Weiberheld und Hans-Dampf-in-allen-Gassen?

Oder?

Meine Erinnerungen reichten weiter.

Unter all den hoffnungsvollen weiblichen Regietalenten, zwischen denen ich mir immer als schlappes Mittelmaß vorkam, hatte ausgerechnet ich keine Lust, den wunderbaren Nachwuchs-Kameramann Portnoi zu beschäftigen — vielleicht war dies das Geheimnis meiner Erfolge auf der Schule. Mag sein, daß ich schon damals der Meinung war, das schlechteste Verhältnis, um ein 'Verhältnis' aufzubauen, sei das 'im Brote'.

Ich arbeitete also nicht mit Portnoi. Ich nicht und Nina nicht. Freilich kam sie nie in die Verlegenheit, selbst zu drehen. Sie gelangte nicht übers Assistieren hinaus und hatte wohl auch damals schon andere Interessen.

Irgendwie muß ihn das gereizt haben.

Bald waren wir drei an der Hochschule das Gesprächsthema Nummer Eins. Hannibal Portnoi, der Spinner mit dem unpraktischen Auto, den gepolsterten Schultern und der gefüllten Brieftasche, bemühte sich gleichzeitig um die Dürre und die Dicke.

Ich war damals noch Jungfrau.

Die Vorstellung, mein schon damals üppig blühendes Fleisch vor den Augen eines Kerls zu enthüllen und vielleicht ein Grinsen zu ernten, hatte mich immer im letzten Moment bewogen, von Polstern aufzuspringen, aus Autos zu hüpfen und Parkbänke fluchtartig zu verlassen.

Hannibal, der Märchenprinz, der Traummann aus Chicago, ging gleichzeitig entschlossen und zart vor. Seine Taktik, diese infame Mixtur aus mafioser Härte und exotischer Beredsamkeit, spülte meine Hemmungen weg wie eine Dusche den Dreck, und seine Begeisterung über diese meine Schenkel, meinen weichen Bauch, meine vollen Brüste war so echt, daß ich von da an nie wieder einen Funken Scheu hatte, meine Rubensformen demjenigen, der sie begehrte, zu enthüllen.

Daß Annibales Ekstase unter anderem auch die Freude am Kontrast war, daß er, nach Ninas spitzen Knochen, meine Fettpolster als besonders beseligend empfand, enthüllte er mir mit charmantester Brutalität zwei Stunden später, als er sich von mir verabschiedete, um nun zu ihr zu gehen.

Variatio delectat, wie die alten Römer sagen.

Ich lag und heulte, und immerhin bewog ihn das, eine ganze Stunde später zu der anderen zu spazieren.

Wäre es nach Portnoi gegangen, so hätte er wohl eine Dreierkombination am liebsten gehabt, oder es zumindest bevorzugt, durch Hochschule und Studio zu ziehen, an jedem Arm eine Frau.

Seine Augen begannen zu leuchten, wenn es ihm gelang, in aller Öffentlichkeit eine von uns mit glühendem Kuß zu verabschieden und kurz danach die andere ans Herz zu drücken. Oft, wenn er zu mir kam, roch er an Hand und Hals und anderswo nach Ninas Parfüm, und auf seiner Zunge lag der Geschmack dessen, was sie beide zusammen am liebsten tranken: Fernet Branca. (Seitdem verabscheue ich Fernet Branca.) Sie freilich mußte sich an die Ausdünstungen meines schwitzenden Weiberleibs gewöhnen und an meinen Whisky, den ich schon damals bevorzugte.

In der Hochschule schlossen sie Wetten ab, welche von uns zuerst Schluß machen würde mit ihm.

Insgeheim wartete man auf irgendeinen hübschen, anregenden Skandal, so etwa, daß wir uns öffentlich in die Haare geraten würden. 'Gute Freundinnen' taten alles, der einen zu berichten, was die andere über sie geäußert hätte — wechselweise. Demnach sollte mich Nina als Schmalzklößchen, Walküre und Fettsteißkönigin bezeichnet haben, und mein angebliches Repertoire an Schimpfworten war sicher weder kleiner noch feiner.

Ich war mit den Nerven am Ende. Als ich überhaupt nicht mehr konnte, bot Hannibal mir 'was zum Beruhigen' an. Was das konkret war, habe ich nie in Erfahrung gebracht, denn ich schmiß ihn raus.

Später erfuhr ich dann, daß der schöne Portnoi dergleichen nicht nur mir offeriert hatte, sondern damit rundum Hausieren gegangen war, und vielleicht stammten ja auch das flotte Auto und die gefüllte Brieftasche gar nicht von den Onkels aus Amerika, sondern vom Verhökern von Zeugs 'zum Beruhigen'.

Wenig später verließ er die Hochschule, und ich hatte anderes zu tun, als mich um seinen Verbleib zu kümmern, denn erstens drehte ich damals den nach meiner Meinung besten Film aller Zeiten, und zweitens hatte ich mich gerade in meinen Hauptdarsteller verliebt, einen schüchternen Jungen mit leuchtendblauen Augen. Damals fand ich Portnoi fies. Aber die Zeit verklärte die Episode mit ihm, ich bekam ein Gefühl für die Komik unserer Beziehung und war ihm im Nachhinein dankbar, wie feinfühlig er mir die Unschuld geraubt hatte.

10

Mir ist die Polizei schon immer zuwider gewesen, vom Streifengeher an der Ecke bis zum Detektiv in der Lederjacke, und einen Krimi zu drehen hat mich nie gereizt. Diese Macho-Mentalität ist mir fremd. Und am verhaßtesten ist mir, wenn sich Frauen dazu hergeben, 'Ordnungshüter' zu spielen — offenbar alle vom inneren Feuer eines staatserhaltenden Ethos erfüllt, das sie dann legitimiert, zu schießen, zu knüppeln, zu fesseln, zu verhören und überhaupt jegliche Form von Gewalt gegen ihre lieben Mitmenschen anzuwenden.

Insofern ärgerte ich mich über mich selbst, daß ich auch nur einen Funken Sympathie für Herrn Hintermeier (ich wußte, er hieß Hansmeier) empfinden konnte, und daß ich nicht vor Empörung explodierte, als mir die Rezeption durchs Telefon flötete, er erwarte mich in der Halle. Ich empfand sogar eine gewisse Genugtuung.

Diesmal versuchte er es mit der Schmollmündchen-Tour.

»Aber Aurora«, nuschelte er vorwurfsvoll, »das ist doch nicht schön von Ihnen! Wir haben eine Verabredung, daß Sie erreichbar bleiben, und ich muß Sie durch die halbe Stadt suchen!«

»Ich hätte mich schon noch gemeldet«, entgegnete ich unwirsch. (Natürlich hatte ich nichts dergleichen vorgehabt.) »Aber ich mußte mal über etwas nachdenken.«

Hansmeier seufzte. Er sah wirklich viel zu gut aus für einen Bullen.

»Und warum ging das nicht im Haus von Frau Truckenbrodt?«

»Weil mir diese Dame grausig auf die Nerven ging, wie Sie vielleicht schon gestern abend mitbekommen haben«, knurrte ich.

»Trotzdem. Es hätte uns Ihre Anwesenheit viel Rätselraten erspart. Man hat nämlich bei der armen Frau eingebrochen, kurz nachdem Sie so unfreundlich Ade gesagt hatten.«

Er brachte es kummervoll-beiläufig heraus und erreichte prompt, daß mir der Mund offenstand.

»Eingebrochen?« wiederholte ich. »Und? Was fehlt?« Ich verschluckte mit Mühe die Frage, ob man Cäcilie über den Kopf gehauen hätte.

»Nichts. Das ist ja das Merkwürdige. Es ist etwas hinzugekommen.«

»Wie das?« fragte ich begriffsstutzig. »Hat ihr der Party-Service auf diese ungewöhnliche Weise eine Pizza gebracht?«

Er ließ sich von meinem ruppigen Ton nicht provozieren — dazu waren die Trümpfe, die er in der Hand hielt, zu gut.

»Aurora«, sagte er väterlich, »man fand etwas in Ihrem Zimmer — also dem Zimmer, das Sie gerade geräumt hatten.«

Er machte eine wirkungsvolle Pause. »Einen Brief nämlich. Und noch etwas. Die Tatwaffe.«

»Ich glaube, Sie wollen mich verarschen«, entfuhr es mir.

Hansmeier blieb weiter ganz ruhig.

»Wissen Sie was? Hier ist es kühl und ruhig, und wir setzen uns mal in diese schönen Sessel unter Palmen und bereden alles der Reihe nach. Darf ich Sie zu einem Chivas Regal einladen, ja?«

Mein fassungsloser Blick mußte Bände gessprochen haben. Er brachte seine Einladung sehr hastig vor.

Bei der Rezeption erstand er einen Tonic für sich und für mich ein Glas gleicher Größe, gefüllt mit dem goldbraunen Naß. Die Portion war anständig und die Marke auch. Ich besänftigte mich und versuchte, meine rasenden Gedanken zu ordnen. Aber aus den Bildfetzen wollte sich kein Muster ergeben.

»Also hübsch der Reihe nach«, begann ich und nahm, zumindest äußerlich bedächtig, den ersten Schluck. »Ganz davon abgesehen, wer oder was da angeblich in meinem ehemaligen Zimmer herumliegt: woher wissen Sie das? Ist Cäcilie durch ein Wunder der Jungfrau von Lourdes genesen und hat ihre Wohnung durchstreift, und dabei stieß sie auf das Zeugs?«

Hansmeier schüttelte den Kopf.

»Sie hat Geräusche gehört«, erklärte er sachlich. »Schritte, Gepolter. Sie hat gerufen, geläutet — nichts. Dann entfernten sich die Schritte wieder. Und dann rief sie uns an.«

»Und?«

»Den Rest kennen Sie ja schon. Als wir kamen, fanden wir die Wohnungstür zwar unverschlossen, aber kein Zeichen von gewaltsamem Eindringen. Nichts verändert, nichts weggenommen, so wie es aussieht. Nur Brief und Waffe auf dem Bett, das Sie als Gast benutzt hatten.«

»Letztere, vermute ich, das Kaliber — heißt es so? —, mit dem Nina ins Jenseits befördert wurde, und alle Fingerabdrücke sorgfältig abgewischt. Wie im Kino.«

»Genauso«, bestätigte er.

Ich nahm einen tiefen Schluck. »Und nun?«

»Jemand will — nun, ich will nicht sagen, jemand will Sie hereinlegen, aber offenbar ist jemand daran interessiert, daß Sie mit der Sache in Verbindung gebracht werden«, mutmaßte Hansmeier. »Nun heißt es überlegen, wer.«

Ich sah in mein Glas.

»Der Eindringling muß einen Schlüssel gehabt haben, nicht wahr?«

»So ist es.«

»Wer hat einen Schlüssel?«

»Schwester Elfriede. Und bis heute mittag Sie.«

»Na, herzlichen Glückwunsch.«

»Was haben Sie mit Ihrem Schlüssel gemacht?«

»Ich hab von außen abgeschlossen, als ich gegangen bin, und ihn durch den Briefschlitz geworfen.«

»Im Hausflur lag nichts dergleichen«, sagte Hansmeier und sah mich forschend an. »Der Beweis, daß Sie nicht doch noch im Besitz dieses Schlüssels sind, müßte erst erbracht werden.«

»Sagen Sie mal«, fuhr ich auf, »was für ein Interesse sollte ich daran haben, mir selbst ein Bein zu stellen? Warum soll ich, nachdem ich die Bude erst demonstrativ geräumt habe, mich ein paar Stündchen später wieder einschleichen, um irgendwelchen Quatsch auf meinem Bett zu deponieren? Das ist doch hanebüchen!«

»Natürlich«, räumte Hansmeier ein. »Immerhin könnten Sie den Schlüssel ja irgendwem gegeben haben.«

»Ich habe ihn niemandem gegeben.« Plötzlich durchfuhr mich ein Gedanke. »Moment mal. Die alte Dame hat doch ganze Batterien von Spiegeln an ihrem Bett. Wieso hat sie denn den Eindringling nicht gesehen?«

»Sie hat geschlafen, sagt sie.«

»Sagt sie. Aber zumindest seinen oder ihren Rücken beim Abgang hätte sie doch beschreiben müssen.«

»Sie war so aufgeregt, daß sie gleich das Telefon ergriffen hat. Für einen Blick in die Spiegel hat's da nicht gereicht. Sagt sie.«

»Sagt sie. Sehr merkwürdig. Schon möglich, daß sie einen tüchtigen Schrecken bekommen hat, aber unter Zaghaftigkeit leidet sie ja wohl nicht. Ruft und läutet, wenn das mehr oder weniger organisierte Verbrechen in ihr Haus eindringt, statt sich unter die Bettdecke zu verkriechen — naja. Kenne sich einer aus.«

Mein Glas war leer. Hansmeier nippte immer noch an seinem Tonic und sah versonnen vor sich hin. Ich hatte das Gefühl, ihm helfen zu müssen.

»Vielleicht«, spekulierte ich ins Blaue, »war es Schwester Elfriede, die Liebe.«

Er schien an meiner These interessiert. »Was sollte sie dazu bewogen haben?«

»Kann ja sein, sie hat Hintermänner«, sagte ich düster. »Oder wie ist die Nummer: Cäcilie hat sie selbst dazu angestiftet. Sie will sich an mir rächen, weil ich sie sitzen gelassen habe.«

»Tollkühn«, sagte Hansmeier trocken. »Und den Revolver hat sie sich auch zu diesem Zweck besorgt.«

»Bin ich hier der Kriminalist oder sind Sie es?« sagte ich ärgerlich.

Er seufzte. »Ich wollte, ich wäre es nicht.«

Melancholisch klimperte er mit den Eiswürfeln in seinem Glas, dann hob er seine hübschen braunen Augen, sah mich belustigt an. »Warum stellen Sie eigentlich keine einzige

Frage nach dem Brief? Weder woher er kommt, noch was darin steht?«

Teufel auch. Da saß ich hübsch in der Klemme. Mir war innerlich so eindeutig klar gewesen, wer der Absender dieses Briefes sein mußte, daß ich eins völlig vergessen hatte: Ich müßte ja darauf brennen, zu erfragen, was es mit diesem Brief auf sich hatte!

Ich beschloß, wenigstens zum Teil meine Karten aufzudecken.

»Weil ich heute schon einen Brief bekommen habe.«

Hansmeier lächelte. »Ich weiß. Frau Truckenbrodt hat es mir erzählt. Aber ich verstehe den Zusammenhang nicht ganz.«

»Dieser erste Brief hat mich etwas aufgewühlt. Er stammt von einem sehr guten alten Freund von mir. Irgendwie muß sich das überlagert haben, tiefenpsychologisch, verstehen Sie?«

Er sah mich immer noch an. »Hm, tiefenpsychologisch. Frau Lenssen, ich mache Ihnen einen schönen Vorschlag. Sie zeigen mir den Brief, den Sie bekommen haben, und ich zeige Ihnen den, den man Ihnen in Cäcilie Truckenbrodts Haus aufs Bett bugsiert hat. Einverstanden?«

Was blieb mir übrig?

Als ich in meinem Zimmer war und mir kurz ein bißchen Wasser ins Gesicht spritzte, um die Hitze meiner Wangen abzukühlen, überlegte ich, worauf es wohl hinauslief. Keineswegs war ich bereit, mehr als nötig preiszugeben. Jetzt schon gar nicht. Sich dumm stellen. Ganz einfach.

Natürlich war es genauso, wie ich es erwartet hatte. Der gleiche Brief. Die selbe Handschrift, der gleiche Inhalt.

Hannibal Portnoi war entweder, wie immer, der Leichtsinn in Person, oder er mußte komplett verrückt geworden sein.

Wir tauschten diese beiden Briefe aus wie die beiden Weiber bei Shakespeare die gleichlautenden Liebesbriefe Falstaffs, und ich fand die Situation eigentlich unwiderstehlich komisch und stellte sie mir als Filmszene vor. Aber mein Detektiv, oder was er war, verzog sein hübsches Gesicht zu ernsten Falten.

»Wie erklären Sie sich das?« fragte er amtlich.

Ich zuckte die Achseln.

»In welcher Beziehung stehen Sie zu dieser Person?«

»Herrgott nochmal, ich habe ihn länger als ein Jahrzehnt nicht gesehen. Aus den Augen verloren, verstehen Sie? Und plötzlich meldet er sich. Ein alter Schatz, da ist man doch aufgeregt. Da fragt man doch nicht nach 'ner Erklärung!«

»Auch nicht, wenn dieser Herr Tatwaffen mit sich herumträgt?«

»Erstens ist es ja wohl nur eine potentielle Tatwaffe. Sie könnte es sein, nicht wahr? Und zweitens wußte ich ja bei dem ersten Brief noch gar nicht, daß es einen zweiten geben würde —«

Hansmeier seufzte tief.

»Frau Lenssen, das hört sich alles eher dürftig an. Ich werde meine Vorgesetzten kaum davon überzeugen können, daß Sie uns im Falle dieses Mordes lediglich etwas verschweigen, was wir wissen müßten. Böswillige Interpretationen könnten Sie durchaus in Zusammenhang mit der Tat oder doch zumindest mit dem Täter —«

»— dem potentiellen Täter —«

»— also gut, dem potentiellen Täter sehen. Frau Lenssen, das ist alles sehr ernst.«

»Ich weiß schon, ich habe Nina Ostrowski erschossen, darauf läuft es hinaus!«

Mein Alkoholpegel begann zu sinken und gleichzeitig damit meine Bereitwilligkeit, auf diesen Unsinn weiter einzugehen, nur weil Hansmeierchen ganz nett aussah und ich einen Kerl decken wollte, der mir mal im Bett gezeigt hatte, wo es lang ging.

Mein Gesprächspartner war aufmerksam.

»Darf ich Ihnen noch einen Drink spendieren?« fragte er zuvorkommend.

»Liebend gern«, erwiderte ich grimmig.

Während er sich mit unseren Gläsern zur Rezeption bemühte, streckte ich mich im Sessel aus und sah auf zu den Palmen, die geschmackvollerweise die Sitzgruppe umspielten. Grün soll ja beruhigen. Ich versuchte, schön tief und gleichmäßig zu atmen. Wer gut durchatmet, wird mit seiner Angst und seinen Problemen fertig, das hatten sie mir schon auf der Hochschule beigebracht. Aber hatte ich eigentlich Probleme, ich meine, wirkliche Probleme, nicht solche, die ich mir freiwillig auf den Hals geladen hatte? Ich brauchte doch nur zu erzählen, was ich am Abend zuvor gesehen hatte — oder? Ich machte die Augen zu. Alles war sehr verworren.

Das sanfte Klicken, mit dem Hansmeier die Gläser auf dem Tisch abstellte, ließ mich aus meiner entspannten Haltung auffahren. Ich sah, daß auch er jetzt Whisky im Glas hatte. Offenbar wollte er die Taktik wechseln. Also Achtung.

»Wäre es nicht besser, Sie sagen mir einfach, was Sie jetzt von mir wollen, statt den Humphrey Bogart zu spielen?«, fragte ich. »Sie dürfen nicht vergessen, daß ich vom Film komme und eine Inszenierung besser durchschaue als andere Leute.«

Er lachte und zeigte sein nettes Grübchen.

»Einverstanden«, erwiderte er und wurde sofort wieder ernst. »Wie die Dinge stehen, könnte es für Sie ziemlich unangenehm werden. Wenn ich es ein bißchen drehe, erwirke ich gegen Sie mit ziemlicher Sicherheit einen vorübergehenden Haftbefehl wegen Verdunkelungsgefahr. Sie verschweigen etwas, das ist jedem klar. Aber ich sehe keinen Sinn in so einer Maßnahme. Ich möchte viel lieber, daß wir zusammenarbeiten, und schlage Ihnen einen Pakt vor.«

»Sie meinen, Sie erpressen mich jetzt mit der Drohung, daß Sie mich festsetzen wollen —«

»Das ist eine sehr unfreundliche Version!«

»Es ist Ihre Version. Und Sie verlangen von mir — was bitte?«

Er beugte sich vor und legte die Hand auf mein Knie.

Aha. Die neue Taktik.

»Dieser Mensch, dieser Portnoi, nicht wahr?« (er warf einen Blick auf die beiden imponierend großen Briefe, die noch immer zwischen unseren Gläsern vor uns auf dem Tisch lagen) »ist der Überzeugung, daß Sie bei der Truckenbrodt wohnen. Er hat nicht mitbekommen, daß Sie ausziehen wollten, stimmt's?«

»Sieht so aus«, sagte ich widerstrebend.

»Die einzige Möglichkeit für uns, ihn zu greifen, ist nun mal, daß Sie bei Cäcilie wohnen bleiben und auf ihn warten.«

»Prima Idee. Ich soll den Lockvogel spielen?«

»Wenn Sie's so nennen wollen, ja.«

»Phantastisch. Und wenn er nun gar nicht in freundlicher Absicht zu mir kommt? Wenn er beispielsweise annimmt, ich hätte mehr gesehen, als ich gesehen habe? Wenn diese Briefe und die Pistole eine Drohung sind?«

»Das habe ich schon so bedacht«, bemerkte Hansmeier und zuckte nicht mit der Wimper. »Aber uns gibt es ja auch noch.«

Seine Hand lag noch immer auf meinem Knie, und jetzt kam noch ein leichter Druck dazu. So was Abgefeimtes!

Ich zog mein Bein weg und schlug demonstrativ das andere darüber. Er lächelte verstohlen.

»Aurora«, sagte er vertraulich, »ich will Ihnen nicht verhehlen, daß noch etwas anderes dahintersteckt. Ich traue Cäcilie Truckenbrodt nicht über den Weg. Sie werden sagen: Was soll der Quatsch? Was kann eine gelähmte alte Frau kurz vorm Verscheiden schon anstellen? Aber da ist diese Elfriede, und ich glaube, Cäcilie hat einen sehr scharfen Verstand, kein Stück Altersschwachsinn, und einen eisernen Willen. Wenn Sie für mich ein Auge auf das Tun und Treiben in dem Haus da werfen könnten ...«

»Ich bin kein Polizeispitzel!«

»Gott behüte. Es ist eine Sache zwischen mir und Ihnen, Aurora. Sie flößen mir Vertrauen ein, obwohl ich mir vom Kopf her sagen müßte, daß dazu nicht der geringste Grund besteht. Aber manchmal muß man auch auf seinen Bauch hören statt auf seinen Kopf. Und immerhin, es geht ja nicht um ein paar geklaute Brillanten. Es geht um Mord — egal, wie lieb oder leid uns die Ermordete nun war.«

Er hatte sehr eindringlich gesprochen. Ich sagte nichts und starrte wieder in die Palmen, und er war gescheit genug, mir die Pause zu gönnen, während derer ich am Whisky nippte.

»Und wie gedenken Sie die Frage meiner Sicherheit zu lösen?« fragte ich. »Postieren Sie Heckenschützen in den Kronen der gegenüberliegenden Bäume?«

»Es werden Wanzen in Ihrem Zimmer sein«, entgegnete er sachlich. »Unsere Männer sind nebenan. Keiner wird sie von den Bewohnern unterscheiden können.«

»Na hoffentlich«, sagte ich. Offenbar hatte er seinen Plan bis ins kleinste fertig.

»Sie machen einfach Ihren Urlaub weiter und gehen der armen Cäcilie zur Hand — auch menschlich bedarf sie Ihrer.«

»Da bin ich nicht so sicher.«

Ich trank mein Glas aus, und er schien das als Zeichen meines Einverständnisses wie auch als Gesprächsende zu begreifen und erhob sich.

»Ich bestelle Ihnen ein Taxi, ja? In einer halben Stunde sind Sie sicher soweit. Vielleicht sollten wir beide uns jetzt nicht so häufig zusammen blicken lassen. Wir wollen ja das Wild nicht verscheuchen.«

Plötzlich war er ganz sachlich, ganz geschäftlich. Die Süßholz-Tour war vorüber. Er hatte sein Ziel erreicht.

»Wie komme ich denn ins Haus?« fragte ich. »Wie Sie wissen, habe ich ja keinen Schlüssel mehr.«

»Bei Frau Truckenbrodt ist außer Elfriede noch ein zusätzlicher Pfleger eingestellt, stundenweise«, erwiderte er, ohne mich anzusehen. »Er dürfte jetzt da sein und Ihnen öffnen.«

Da hatte ich also einen Aufpasser direkt im Haus! Fein eingefädelt, das alles.

Er fischte aus seiner Jackentasche eine Visitenkarte.

»Das ist die Nummer, unter der Sie mich im Präsidium erreichen«, sagte er. »Und die hier ist privat. Sie können mich Tag und Nacht anrufen, Aurora.«

»Wenn ich's noch kann«, bemerkte ich düster.

Er verschwendete noch einmal so einen Filmszenen-Blick an mich.

»Ich bin in Ihrer Nähe. Ich bin rechtzeitig zur Stelle. Ich werde Sie finden.«

Mit diesem volltönenden Ausspruch verschwand er unter Mitnahme der beiden Zwillings-Briefe.

In seinem Glas war noch ein Rest, den ich mir nicht entgehen ließ. Langsam zweifelte ich nicht mehr an der Wahrheit seiner letzten Aussage.

Schön eingewickelt hatte er mich.

Mir war mulmig, aber wenn ich es recht bedachte, war das hauptsächlich wegen Cäcilie. Ich hatte Angst vor ihr.

Alles in allem, eine unangenehme Geschichte.

11

Der Empfang im Hause Truckenbrodt war mehr als unterkühlt. Er war geradezu frostig.

»Meinetwegen hätten Sie nicht zurückkommen müssen«, sagte die alte Frau mit zusammengekniffenen Lippen.

Ich beschloß, mir nichts bieten zu lassen.

»Ihretwegen bin ich auch nicht zurückgekommen.«

Sie zog sich an ihrem Zügel hoch, den Nacken steif, und warf einen langen Blick um die Ecke zu dem jungen Mann im weißen Pflegerkittel, der mir die Tür geöffnet hatte und nun gerade dabei war, im Nebenzimmer ihr Abendessen auf einem fahrbaren Tischchen anzuordnen. Er war ein nett aussehender, unscheinbarer Bursche mit einem schütteren Kinnbärtchen und weit auseinanderstehenden braunen Augen — vielleicht war man in diesem Polizeipräsidium der Meinung, ich würde auf Braunäugige abfahren.

»Aha«, sagte sie nur. Und dann: »Das kann ja heiter werden.«

Damit war ich vorerst entlassen.

Mein Zimmer sah so bezaubernd aus wie während meines ganzen vorherigen Aufenthalts nicht: Das Bett frisch bezogen, auf dem Tisch eine Vase mit Blumen, als kleine Aufmerksamkeit der Firma ein Fläschchen Chivas Regal – Hansmeier übertraf sich selbst. Aber als ich so zwischen meinen Koffern saß, trotz der Abendkühle schwitzend wie ein Nilpferd, war ich mir je länger, desto weniger sicher, ob ich ihm wirklich in der Art, wie er sich das so vorgestellt hatte, den Gefallen tun sollte. Noch immer verfolgte ich bei dem Spiel eigene Interessen, und eine allzu perfekte Kontrolle habe ich nie leiden können.

Ich nahm eine kalte Dusche, zog mich an, ohne mich abzutrocknen, und ging ans Werk.

Die Blumen flogen in den Vorgarten, die Vase wanderte in die Küche und, obwohl mir das Herz blutete, der Whisky in den Kühlschrank ganz hinten.

An der Hochschule hatte ich nicht nur gelernt, wie man in eine Kamera guckt, sondern auch einen Kurs in Elektronik absolviert. Ich hatte immer großes Interesse an Naturwissenschaften gehabt.

Die erste Wanze, die unter der Matratze, hatte ich sehr schnell gefunden und entschärft. Sehr geschmackvoll von Hansmeier! Die zweite entdeckte ich, fluchend und schon wieder schwitzend und auf den Knien, an der Scheuerleiste. Um die dritte zu finden, mußte ich mein ganzes Arsenal an Abenteuer- und Spionagefilmen, die ich kannte, durchgehen, bis mir der Lampenschirm einfiel. Ich stieg auf den Tisch und den Stuhl und kam nach vollbrachter Tat mit ziemlichem Gepolter herunter. Leute meiner Gewichtsklasse eignen sich nicht für Kletterpartien.

Damit, hoffte ich, sei es genug. So primitiv, eine Wanze unter den Tisch zu kleben wie einen Kaugummi, würde mein Freund von der Polizei ja wohl nicht sein, und drei, gut verteilt, hätten es schon getan. Nachdem ich noch — erfolglos — den Balkon inspiziert hatte, machte ich die Jalousien dicht, knipste meine Lampe an und lachte mir ins Fäustchen. Jetzt konnte ich in Ruhe ein bißchen entspannen und nachdenken — aber ich hatte meine Rechnung ohne die Wirtin gemacht.

Cäcilies Klingel schrillte. Sehr lange, sehr anhaltend, sehr fordernd.

Ich fand sie in ihrem Bett bereits für die Nacht zurechtgemacht, gewaschen, frisiert. Auf dem Beistelltischchen, so einem altmodischen Ding aus Gußeisen mit großen gummibereiften Rädern, das sie mit einer Hand bewegen konnte, standen ihre Medizin für die Nacht, eine Thermoskanne mit Tee und die Schnabeltasse. Daneben lag ihr Lesestoff ('Nutzviehhaltung in Argentinien', eine höchst kuriose Lektüre für eine alte Dame) und die Lupe, die sie zum Lesen zu benutzen pflegte.

Der neue Mann war wirklich, was man eine Perle nennen kann.

Cäcilie musterte mich wie immer kalt und voller Mißtrauen.

»Sie läuten ja wie die Feuerwehr«, sagte ich ungehalten. »Ist der nächste Einbrecher in der Bude?«

Sie schnaufte verächtlich durch die Nase.

»Was hat denn in Ihrem Zimmer so gepoltert?« erkundigte sie sich.

»Ich habe ein bißchen Ordnung gemacht«, erwiderte ich achselzuckend.

»So. Ordnung. Mir hat man hier auch ziemlich die Bude auf den Kopf gestellt.«

»Ach? Ja, wenn man die Polizei ruft, muß man eben mit diesem und jenem rechnen.«

»Das schon. Aber mit soviel nun auch wieder nicht.«

Wir musterten uns schweigend. Irgendwie lag in diesem Blickaustausch ein geheimes Einverständnis — oder sollte ich mich irren?

»Verstehen Sie etwas von diesen Dingen?«

Ich tat schon den Mund auf, um rückzufragen, welche Dinge sie meinte, als sie schweigend die knochige Hand hob und auf drei Stellen in ihrem Zimmer zeigte: Gardinenstange, Scheuerleiste, Fußende des Bettes.

Die Herrschaften waren nicht sehr einfallsreich bei ihrem Vorgehen in verschiedenen Räumen.

»Ach, Sie meinen von Blumenpflege?« sagte ich harmlos. »Naja, ein bißchen hat man mir schon beigebracht. Soll ich mal Hand anlegen an Ihre Kakteen?«

Innerhalb von fünfzehn Minuten hatte ich, unter den wachsamen Augen Cäcilies, die Wanzen in ihrem Zimmer entschärft.

Sie bedankte sich nicht. Sie guckte mich genauso hart an wie immer.

»Ich werde jetzt das Licht löschen und schlafen«, sagte sie.

»Was meinen Sie, wie müde ich bin«, entgegnete ich.

»Kein Wunder, wenn Sie ständig mit ihren Koffern hin und her ziehen«, war ihr Kommentar.

In meinem Zimmer löschte ich ebenfalls das Licht und setzte mich noch einen Augenblick auf diesen fatalen Balkon.

Das ganze Viertel schien sich heute ungemein zeitig zur Ruhe begeben zu haben. In keinem Haus mehr ein Lichtschein, nur die Fernsehgeräte in den Wohnzimmern flimmerten hie und da noch bläulich-bunt durch die Dunkelheit. Die Bäume rauschten, in der Ferne blinkten die Lichterketten der Landstraßen auf den Hügeln. Es war ein wunderschöner lauer Sommerabend, und ich hatte den Whisky ganz hinten in den Kühlschrank gestellt. Sei's drum. Es ging auch ohne.

Ich zog mich aus bis auf Slip und Longshirt, verzichtete diesmal auf die abendliche Dusche und legte mich ins Bett, ohne das Licht anzumachen. Die Balkontür ließ ich offen.

Ganz und gar finster, erwartete das Haus seinen Gast.

12

Ich wachte davon auf, daß ich niesen mußte. Zehnmal, zwanzigmal, dreißigmal. Der verfluchte Staub in allen Ecken! Das kommt davon, wenn man als Allergiker Polizeiwanzen in einer derart verkeimten Bude wie dieser hier entfernt.

Wie immer stellte sich die Wirkung erst ungefähr eine Stunde nach Reizauslösung ein — ich konnte mir also ausrechnen, wie lange ich geschlafen hatte.

Schweißgebadet suchte ich nach einem Taschentuch, möglichst aus Leinen und nicht aus Zellstoff, weil die Fusseln reizten, und verbarg meine juckende Nase, meine tränenden und brennenden Augen schließlich, in Ermangelung eines Besseren, in meinen Bermudas. Ich wollte ja kein Licht machen.

Als der Anfall vorüber war, fühlte ich mich wie ausgelaugt, der Kreislauf ganz unten. Das kannte ich. Und ich wußte auch, daß ich jetzt was essen mußte, andernfalls ich einen Kollaps bekommen würde.

Überhaupt. Dieser ganze aufregende Tag hatte meine Eßgewohnheiten total durcheinandergebracht. Vor lauter Hin und Her hatte ich den Hunger nicht gespürt — ich pflege sehr ausgiebig zu speisen, von nichts kommt schließlich nichts. Jetzt überfiel mich ein geradezu barbarischer Appetit.

Auf nackten Füßen tappte ich in der Dunkelheit, nur vom Schein der Straßenlaternen geführt, in die Küche und öffnete hoffnungsvoll die Kühlschranktür. Aber wer hätte hier schon einkaufen sollen? Ich wußte ja, daß es trostlos aussehen würde. Außer meinem Whisky, den ich nicht anrührte, fand sich ein Glas Erdbeermarmelade, ein Stück alter Käse, ein Glas Mango-Chutney und eine Packung Pumpernickel. Irgendwo außerhalb des Kühlschranks mußte sich noch eine Schachtel mit Salzcrackers befinden, die Cäcilie, ungeachtet ihrer dritten Zähne, mit Vorliebe knabberte. Die entdeckte ich auch. Dann setzte ich mich auf den kalten Estrich, der wohltuend meinen verschwitzten Leib kühlte, und hielt im Licht der halb geöffneten Kühlschranktür ein Festmahl ab, alle Dinge um mich versammelt. Den Käse bestrich ich mit dem Chutney, stippte die Cracker in die Marmelade, schob Pumpernickel nach und schlang alles ohne Ansehen der Geschmacksrichtung, süß und salzig und scharf und fad, wie eine hungrige Wölfin in mich hinein. Meine Zähne mahlten wollüstig. Gab es etwas, das besser war als essen?

Im Verlauf meines Mahls, je satter ich nämlich wurde, fiel mir ein, daß auch Trinken etwas sehr Schönes war, und nachdem ich mir denn doch ein Schlückchen zwischendurch gegönnt hatte, war mir klar, daß auch die Liebe etwas Wundervolles sein konnte. Prost, Hansmeierchen und Annibale-Kannibale, wo immer ihr sein mögt!

Zum Schluß wischte ich das Marmeladenglas mit dem

Finger aus, ging mir die Hände waschen und tappte in weitaus besserer Verfassung als vordem in mein Zimmer.

Er saß auf meinem Bett.

Den Hut hatte er neben sich gelegt, und seine zweifarbenen Schuhe, von den Füßen gestreift, zierten malerisch den Teppich — er hatte Riesenkähne, so Größe 44.

»Mach dir's nur bequem«, sagte ich und drückte die Tür hinter mir mit dem Rücken zu. Es war ganz gut, eine Lehne zu haben. Die Knie versagten mir, und meine Stimme klang wohl auch nicht sehr sicher.

»Aurora, meine Liebe«, schnurrte er seinen Briefanfang her, ohne das leiseste Bemühen, seine Position auf dem Bett zu verändern. Er hatte mir nicht einmal die Hände entgegengestreckt.

Ich ließ ihn nicht ausreden.

»Wie zum Teufel kommst du hier herein? Das Haus ist eine einzige Bullenfalle, sie haben dich garantiert kommen sehen und müssen in fünf Minuten hier sein.«

Er lachte.

»Irrtum, Schätzchen, konnten sie gar nicht. Ich war nämlich schon im Haus, als sie mit ihrem Affentheater anfingen, und habe mir ins Fäustchen gelacht.«

»Wieso?«

»Ich hab dir doch Briefe gebracht«, sagte er unschuldig.

»Wie? Was?« Ich war vollkommen verwirrt.

»Hast du sie nicht bekommen?«

»Doch, natürlich. — Herrgott, ist dir eigentlich klar, daß du nur beten kannst, daß ich keine von ihren Wanzen übersehen habe? Sonst bist du dran, egal, ob dein Kommen beobachtet wurde oder nicht.«

»Wanzen?« sagte er, und es klang geschmeichelt. »Sag bloß, die haben meinetwegen Wanzen installiert! Donnerwetter.«

»Drei bei mir und drei bei der Truckenbrodt«, sagte ich und kam langsam in Rage. Ich stand noch immer an der Tür, er saß noch immer auf dem Bett.

»Ich wollte, du wärst, wo der Pfeffer wächst. Was hast du mit mir vor?«

»Aurora«, sagte er zärtlich, »meine schöne dicke Taube! Komm doch her zu mir. Freust du dich nicht, mich zu sehen?«

Das war einfach zuviel. Ich wankte auf das Bett zu und plumpste neben ihm auf das Kissen. Tränen traten mir in die Augen.

»Nicht weinen«, flüsterte er und strich mir mit dem Finger über die Wange. »Ich erklär dir alles. Du bist meine ganze Hoffnung, Mädchen.«

Ein starker, süßlicher, merkwürdiger Geruch umfing ihn. Seine Augen glänzten. Hannibal Portnoi schien unverändert, das kantige Gesicht, die Locke, der schöne harte Mund — ein Mannsbild zum Träumen. Wieviele Jahre hatten wir uns nicht gesehen? Lieber nicht nachrechnen. Die Jahre sind keine Kavaliere — aber welche Veränderungen Zeit und Whisky auch mit mir angerichtet haben mochten, er ließ sich nichts anmerken.

»Also«, fing er im Plauderton an, »den ersten Brief habe ich selbst in den Kasten gesteckt. Ich war ja so aufgeregt, als ich erfuhr, daß du hier bist, daß Nina dich eingeladen hatte! Sowas kann einfach kein Zufall sein, da steckt mehr dahinter.«

»Kommt mir auch so vor«, bemerkte ich grimmig. »Weiter.«

»Ja, und dann überlegte ich mir, daß es vielleicht so ist, daß du gar keinen Zugang zu diesem Briefkasten hast, oder man dir meine Nachricht unterschlägt — möglich ist ja alles. Und ich wollte dich doch so dringend sehen. Da fand ich es einfach stilvoll, die gleiche Botschaft nochmal auf deinem Bett zu deponieren.«

»Und wie bist du ins Haus gekommen?«

»Ich habe doch Ninas Schlüssel«, erwiderte er fröhlich. »Kein Problem.«

Mir blieb die Luft weg.

»Du hast Ninas Schlüssel?«

»Ja. Es gab hin und wieder dies und das zu erledigen. Du verstehst.«

Ich verstand nicht, nickte aber vorsorglich.

»Ich hab dann noch Zeugs in den Keller gebracht und in aller Ruhe eine geraucht und mich eigentlich sehr wohl gefühlt — und als ich wieder fort wollte, war hier im Haus auf einmal ein Kommen und Gehen und eine Aufregung wie im Taubenschlag —, und du kannst vielleicht verstehen, daß ich keine Lust habe, mit der Polizei in Clinch zu geraten.«

»Durchaus«, sagte ich grimmig.

»Na siehst du, da habe ich mir denn vom Kellerfenster aus die ganzen Vorbereitungen draußen angesehen und mir überlegt, daß ich ja auch gleich auf dich warten kann — und da bin ich nun.«

»Phantastisch«, erwiderte ich, und in meiner Kehle stieg ein nervöses Glucksen auf, als ich mir ausmalte, wie Hansmeier hier in aller Sorgfalt seine Fallen aufstellte, um einen Vogel zu erwischen, der längst im Garn saß.

»Und wie ist es dir gelungen, bei all diesem Hin- und Hergerenne den wachsamen Augen von Mutter Cäcilie zu entgehen?«

Hannibal lachte.

»Cäcilie, ja, das ist schon so ein vertracktes Ding. Ihre Spiegel, nicht wahr? Aber es gibt ja auch noch einen anderen Weg. Alle kennen ihn.« (Wen dieses 'alle' umschloß, wagte ich im Moment nicht zu fragen). Er kicherte. »Durch Nachbars Garten, dann übern Zaun und am Keller vorbei.«

Höchst einfach.

»So«, sagte ich. »Also da bist du auf diesem anderen Weg hier mit Getöse und Gepolter ins Haus gedrungen, wunderst dich, wenn die kranke alte Frau vor Schreck die Polizei ruft, weil sie denkt, Einbrecher sind da, und deponierst dann auch noch in aller Seelenruhe deine Pistole schön breit auf dem Brief auf meinem Bett. Reizend.«

Er starrte mich an. Glänzende Augen, Adleraugen unter schmalen Brauen, gefährliche Augen.

»Was für eine Pistole?« fragte er langsam.

»*Die* Pistole. Eine, die Tatwaffe. Die Waffe, mit der Nina Ostrowski erschossen wurde.«

»Nina wurde erschossen? Du mußt verrückt sein.«

13

»Also nochmal von vorn«, sagte ich geduldig.

»Du wußtest also nicht, daß Nina gestern abend da drüben abgeknallt wurde wie ein Pappkamerad auf dem Schießstand. Du hattest das alles überhaupt nicht mitgekriegt. Du hast auch nicht die Pistole hier auf mein Bett gelegt, genau auf deinen Brief – jene Pistole, aus der vermutlich der tödliche Schuß auf Nina abgefeuert wurde. Das ist dir alles das Neueste vom Tage.«

»Das Neueste vom Tage«, wiederholte er bestätigend.

Seine jungenhaft spielerische Art, mit der er sich bei mir eingeführt hatte, war verschwunden. Er sprach anders. Sein Körper war gestrafft, seine Augen wachsam.

Noch immer saßen wir nebeneinander auf dem Bett.

Jetzt erhob er sich und begann lautlos, auf Strümpfen, im Raum auf und ab zu gehen.

»Überleg doch mal«, sagte er. »Was für einen Sinn soll das geben? Ich bin ein Spieler, o.k. Aber ich bin doch kein Selbstmörder. Wenn ich Nina umgebracht hätte – was ich nicht habe —, warum sollte ich meine Pistole hier lassen, sie sozusagen den Bullen unter die Nase halten? Warum sollte ich zu dir kommen, in die Höhle des Löwen rennen, mir in aller Ruhe angucken, wie die das Haus hier einrüsten —«

»Warum haben sie das deiner Meinung nach denn getan?«

Er zuckte die Achseln. »Meinetwegen, kann schon sein. Aber das Versteck im Keller ist sicher — sowohl für Menschen als auch für das Zeug. Ich wollte sie ein bißchen necken —«

»Was für Zeug in aller Welt Namen?« fragte ich.

Er sah mich an, wachsam, zuckte die Achseln.

Plötzlich begriff ich. Der schwere süßliche Geruch. Der liebe Hannibal war bis zum Stehkragen voll von Marihuana, er hatte es in den Taschen, hatte es im Keller — der liebe Hannibal kiffte und dealte. Und das alles spielte sich im sittenstrengen Haus der ehrenwerten Cäcilie Truckenbrodt ab.

Wie nannte er das damals? 'Zeugs zum Beruhigen' ...

»Guck nicht so moralinsauer«, sagte er. »Es gibt Schlimmeres. Und Mord ist nicht mein Ding. Nina umbringen! Warum denn bloß? So was Hirnrissiges.«

Er hörte sich glaubwürdig an.

Seine schöne Silhouette am Fenster, die breiten Schultern, die schmalen Hüften, der stolze, hochgereckte Kopf —

»Ach Hannibal«, sagte ich leise und lehnte mich auf meinem Bett zurück. »Es nützt dir ja nichts, mir das alles zu erzählen. Ich saß auf dem Balkon. Ich habe gesehen, wie du auf Nina geschossen hast.«

Er fuhr auf wie eine Viper.

»Du lügst! Irgend jemand gibt dir was dafür, daß du so lügst! Irgend jemand will mich mit deiner Hilfe hereinlegen!«

»Bei der Art von Geschäften, die du betreibst, könnte ich mir dergleichen schon vorstellen«, entgegnete ich. Mein Herz klopfte wild und schmerzhaft. »Aber ich lüge nicht. Hannibal, ich habe dich gesehen. Und du hast Nina erschossen.«

»Was willst du gesehen haben in der Dunkelheit?«

»Woher weißt du, daß es dunkel war? Ich denke, du hast eben erst von mir erfahren, daß Nina überhaupt ermordet wurde. Über die Zeit, zu der es geschah, habe ich kein Wort verloren.«

Ich hörte für eine Weile nur seinen Atem.

»Das warst du, den ich da gesehen habe. Deine Statur, dein Anzug, dein Hut — wer trägt im Hochsommer solche Hüte! — und vor allem die Bewegung, mit der du zogst. Es war die gleiche, mit der du immer die Damenwelt auf der Hochschule zu bluffen pflegtest, mit dem Feuerzeug, weißt du noch?«

»Meinst du so?«

Ich hatte nicht die Kraft, zu antworten: genauso. Ich starrte in den Lauf seiner Waffe wie das Kaninchen auf die Schlange, starrte auf die Waffe, die er mit eben jener Bewegung aus dem Schulterhalfter unter seinem Jackett gezogen hatte und deren Mündung nun auf mich gerichtet war.

14

Eigentlich erwartete ich, daß jetzt das eintrat, was in Filmen immer zu geschehen pflegt: Die Tür fliegt auf und herein stürmt der Leiter der Einsatztruppe — in diesem Fall also Hansmeierchen — und überwältigt den Bedroher. Oder: Irgendwo schrillt ein Telefon. Der Schurke fährt herum und man rettet sich mit großem Sprung hinter einen Sessel, von wo aus man am Teppich zieht und den mit der Pistole zu Fall bringt.

Tief in meinem Innern war ich äußerst verwundert, daß nichts dergleichen geschah. Statt dessen entdeckte ich, daß ich schrie.

Schreien war untertrieben. Ich quietschte wie ein Ferkel, das man am Bein festhält.

»Was ist denn? Was hast du denn?« fragte Hannibal besorgt und steckte seine Kanone weg. »Du glaubst doch nicht etwa, ich will dir was tun? Aurora, Süße!«

Er kam auf mich zu, und ich robbte in die äußerste Ecke des Bettes.

»Hau ab, verschwinde! Komm mir nicht zu nahe!«

»Aber Mädchen! Ich wollte dir doch nur beweisen, daß ich meine Waffe noch bei mir habe, infolgedessen gar nicht der Mörder sein *kann*!«

Nun klingelte es wirklich. Natürlich. Cäcilie. Und gleichzeitig drang ihre harte, fordernde Stimme durch alle Wände und Türen:

»Aurora! Aurora, was ist denn los?«

»Jetzt hast du das alte Aas wachgeschrien!« sagte mein Besucher ziemlich unwillig. »Ich dachte nicht, daß du so hysterisch bist, eine Frau deines Formats!« (Wie er letzteres meinte, wagte ich nicht zu hinterfragen.) »Los, geh hin und beruhige sie, die ist imstande und ruft die Polizei an.«

»Ich gehe«, sagte ich, zitternd vor Wut und Schrecken, »und wenn ich wiederkomme, bist du hier verschwunden, du unverschämter Hundesohn, mitsamt deiner Knarre und dem 'Zeugs', was du im Keller liegen hast!«

»Also so einfach, wie du dir das vorstellst, geht das nicht«, erwiderte er mit einem halben Lachen. »Ich —«

»Aurora!!« schallte es durchs Haus.

Mein Longshirt klebte mir schweißfeucht am Körper. Ich warf meinen Bademantel darüber und spurtete zum Salon. Die Tür ließ ich hinter mir weit offen.

Cäcilie Truckenbrodt saß, am Zügel hochgezogen, in ihrem Bett, alle Lampen brannten.

»Was schreien Sie denn?« fuhr sie mich an.

»Ich hatte einen Alptraum«, sagte ich das Naheliegende. »Fürchterlich!«

»Ach, einen Alptraum!« höhnte sie. »Und mit wem haben Sie vorher geredet? Ich bin ja nicht taub!«

»Mit niemandem. Vielleicht habe ich im Schlaf Selbstgespräche geführt.« Blöder ging es nicht.

»Lassen Sie die Tür offen!« fauchte sie.

Ich war eben im Begriff gewesen, die Salontür zu schließen, weil mir siedendheiß einfiel, daß sie ja bei offenen Türen den ganzen Hausflur einsehen konnte.

»Und ziehen Sie sich was an. Die Polizei muß in fünf Minuten hier sein, wie ich das einschätze.«

»Wieso die Polizei?«

»Werte Aurora! Wenn hier im Haus Licht angeht und hin- und hergerannt wird, wenn meine Klingel so laut schrillt, daß die ganze Nachbarschaft aufwacht, dann muß selbst der stumpfsinnigste Bulle merken — wenn er nämlich nichts hört —, daß mit seinen Wanzen was nicht stimmen kann. Und dann wird er beim Kommissar anrufen und der wird sich auf den Weg machen oder schon telefonisch den Einsatzbefehl geben. Und ich könnte mir vorstellen, daß Sie so, wie Sie im Moment aussehen, nicht unbedingt fremden Leuten unter die Augen treten wollen.«

Diese Bestie! Die Art, wie sie den Begriff 'fremde Leute' aussprach, war derart abgefeimt, daß ich sie am liebsten erwürgt hätte. Hatte sie es etwa von Anfang an darauf abgesehen, mich oder den Besucher oder uns beide auf diese speziell von ihr ausgewählte Art und Weise hochgehen zu lassen?

»Sie hätten ja nicht klingeln und auch kein Licht anmachen müssen!« warf ich wütend ein.

»Und Sie hätten ja nicht schreien müssen!«

»Meine Schreie haben Sie gar nicht zu interessieren.«

»Richtig. Aber ich habe ganz entschieden was gegen einen zweiten Mord in meiner Umgebung.«

Wir starrten uns beide in die Augen und waren uns so unsympathisch, wie es nur gehen kann.

»Kommen Sie her«, herrschte sie mich an, »wenn Sie schon aussehen wie eine Entsprungene, muß ich es Ihnen ja nicht gleichtun. Bringen Sie mir Kamm und Spiegel!«

Bevor ich ihren Wünschen nachkam, gelang es mir, mit dem Fuß der Salontür einen Stoß zu versetzen, so daß sie halb geschlossen war. Sie bemerkte es offenbar, sagte aber nichts. Immer noch sträubte sich was in mir, diesen bescheuerten Amateur Portnoi ans Messer zu liefern. Immer noch wollte ich ihm eine Chance geben.

Während ich Cäcilie stützte, ordnete sie ihre Haarsträhnen, befahl mir dann, ihr Nachthemd glattzustreichen und orderte im gleichen herrischen Ton eine Tasse Tee aus der Thermoskanne.

»Sie bleiben am besten gleich hier bei mir«, kommandierte sie.

»Binden Sie sich den Morgenrock nicht so hoch unter der Brust zu, das ist bei Ihrer Figur noch unvorteilhafter …«

»Was soll ich denn Hansmeier erzählen wegen der Wanzen?«

»*Sie* sind doch Filmregisseurin, nicht wahr? Ich bin bloß eine alte, sterbende Frau.«

Mit Hummeln im Hintern saß ich an ihrem Bett. Ich hätte sonstwas dafür gegeben, wenn ich gewußt hätte, was der Herr da in meinem Zimmer gerade tat.

15

Hansmeier brauchte nicht fünf und nicht zehn Minuten, sondern fast eine Viertelstunde. Die Truckenbrodt hatte unsere Freunde und Helfer doch sehr überschätzt.

Während dieser Viertelstunde hatte sie sogar noch die Stirn, von mir zu verlangen, ihr aus dem Buch über Nutzviehhaltung in Argentinien vorzulesen, aber das schlug ich ihr rundweg ab und lauschte mit gespitzten Ohren auf Geräusche aus irgendeinem Winkel des Hauses. Aber alles schien totenstill zu sein.

Dann rückten sie endlich da unten an, und es hätte mich nicht gewundert, wenn sie mit Feuerwerk und großem Zapfenstreich aufgezogen wären. Wenn es hier überhaupt etwas gab, was geheimzuhalten war oder wenn jemand überrascht werden sollte — das hatten sie sich gründlich vermasselt.

Hansmeier stürmte in die Bude, so wie ich mir ausgemalt hatte, daß es vor zwanzig Minuten bei mir hätte passieren sollen, außer daß er keine Knarre in der Hand trug. Sein spätabendlicher Bartwuchs stand ihm gut, und mit Wut im Bauch wirkte er einfach süß.

Stumm, ohne uns eines Grußes zu würdigen, inspizierte er die Stellen, wo die Wanzen gesessen hatten, warf mir einen vernichtenden Blick zu und sauste dann wieder hinaus, offenbar zu meinem Zimmer. Ich folgte ihm mit einem flauen Gefühl im Bauch.

Die Balkontür stand weit offen. Von Hannibal Portnoi keine Spur. Auch seinen Hut und seine zweifarbigen Quadratlatschen hatte er mitgenommen, wohin auch immer er entwichen war. Der süßliche, würzige Cannabis-Geruch hing noch überall in der Luft, aber mein Inspektor schien davon nichts zu bemerken. Dabei war ich doch die mit der Allergie und den zugeschwollenen Nasenflügeln.

Bei mir nahm er die gleiche Untersuchung vor wie bei Cäcilie, schob mich beiseite und zischte wieder (gefolgt von mir) zurück in den Salon, wo er sich in einen Sessel fallen ließ, daß die Federn quietschten.

Seine Männer hörte ich im Haus herumwirtschaften und dachte flüchtig an das 'Zeugs' im Keller. Um Hannibal machte ich mir eigentlich keine Sorgen.

»So«, sagte Hansmeier, und in dieser Silbe lag der Zusammenbruch ganzer Welten beschlossen, »so. Man hat also unsere Abhörvorrichtungen entfernt. Waren Sie das, Frau Lenssen?«

Er würdigte mich dabei keines Blickes.

»Wieso ich?« fragte ich dümmlich zurück. »Und was für Abhörvorrichtungen?«

Er überging den zweiten Teil meiner Replik — offenbar war es ihm denn doch allzu primitiv.

»Soweit ich mich erinnern kann, hatte ich Sie hier mit einem klaren Auftrag wieder hergebracht — einem Auftrag, den Frau Truckenbrodt kannte und der für sie ja auch nicht ohne Vorteile war: Schutz, eine Pflegeperson mehr ...«, er winkte resigniert ab. »Wissen Sie, wie man das nennt, was Sie hier veranstaltet haben?«

Er sah mich an, als sollte sein Blick eine Ohrfeige ersetzen.

»Wenn ich herausbekomme, daß Sie, statt uns zu helfen, mit dem Täter unter einer Decke stecken —«

Es war zweifellos meiner Nervosität zuzuschreiben, aber bei diesem hübschen Bild mußte ich kichern. Das brachte den Krug zum Überlaufen.

»Unverschämtheit!« schrie er mich an, »Hören Sie auf, sich über mich lustig zu machen!«

Konnte ich aber nicht. Es war ein richtiger hysterischer Lachkrampf. Ich wand mich förmlich, und die Tränen traten mir in die Augen.

Hansmeier sprang auf — ich vermutete erst, nun würde er mir wirklich eine scheuern —, blickte wild um sich und ergriff dann das Wasserglas von Cäcilies Nachttisch — ich weiß nicht, wollte er mir zu trinken geben oder es mir ins Gesicht kippen. Aber auf halbem Wege zu mir verlangsamte er plötzlich seine Bewegung, hob das Glas in Nasenhöhe und schnupperte. Sein Gesichtsausdruck war äußerst verblüfft.

Cäcilie beobachtete ihn aufmerksam.

Dann sagte sie mißbilligend: »Herr Hansmeier, Ihr Benehmen ist unter aller Würde. Auch Frau Lenssen ist schließlich eine Dame.«

Ich kam gar nicht dazu, die Feinheit ihres Stils richtig zu würdigen, denn Hansmeier starrte noch immer auf das Wasserglas.

»Bittermandel«, murmelte er — eine Bemerkung, mit der ich zunächst nichts anzufangen wußte. Dann zu der alten Frau: »Frau Truckenbrodt, überlegen Sie bitte. Wer hat Ihnen das Wasser hingestellt?«

Cäcilie hob die Schultern. »Ihr gut geschulter Pfleger, vermute ich doch. Ich habe nicht jede seiner Handreichungen beobachtet.«

Hansmeier tat das mit einer ungeduldigen Bewegung ab. »Wer sonst noch? Wer könnte es noch gewesen sein?«

Die grauen Augen im verwitterten Gesicht wanderten langsam zu mir. »Außer Aurora und Schwester Elfriede war seit gestern niemand hier im Zimmer.«

Jetzt starrte mich auch Hansmeier an.

Langsam begann es mir zu dämmern.

»Bittermandel? Sie meinen Blausäure? Sie meinen, dies Wasser hier —«

»Dieses Wasser hier«, fuhr Hansmeier fort und schnüffelte noch einmal, »ist mit Gift versetzt, und jemand hat es Frau Truckenbrodt hingestellt.«

Offenbar waren seine Geruchsnerven, die bei mir im Zimmer so total versagt hatten, jetzt außerordentlich geschärft.

»Sowas Fieses!« platzte ich heraus. »Sie glotzen mich hier an, als käme ich als Giftmischerin für alte Frauen in Frage, dabei ist es überhaupt nicht wahr, daß nur ich und die Schwester hier waren. Sie, lieber Herr Kommissar, waren zum Beispiel auch hier. Und die Wanzen? Sind die etwa von Geisterhand angebracht worden? Ich denke, hier sind ganze Heerscharen Ihrer Polizisten durchgetrampelt, um das Terrain zu erkunden und die besten Verstecke und Einsichtsmöglichkeiten, und was weiß ich nicht alles. Und dann war ja da auch noch der geheimnisvolle Einbrecher, nicht wahr? Wer sagt uns denn, daß Frau Truckenbrodt ihn nicht doch gesehen hat, daß er hier im Zimmer war und —«

»Genug, Aurora«, schnitt mir Hansmeier das Wort ab. Es war klar, er hatte begriffen, daß ich recht hatte.

Aber Cäcilies hinterhältige Art, erst einmal den Verdacht auf mich zu lenken, machte mir ganz schön zu schaffen.

Zum Wanzenentfernen war ich gut genug, aber wenn sich eine Gelegenheit bot, mir Ungelegenheiten zu bereiten, war sie gleich dabei.

Ich wischte mir mit dem Ärmel des Morgenrocks die Stirn ab. Das Ding verrutschte und gab einen Blick auf meine überquellenden Titten frei. Hansmeier kriegte starre Augen, und ich brachte mich hastig in Ordnung.

»Ich muß das Zeug hier analysieren lassen«, sagte er fahrig, »und nach Fingerabdrücken überprüfen lassen.«

»Hauptsächlich wird man die von Chief Hansmeier daran finden«, warf ich schadenfroh ein. Er achtete nicht darauf.

»Und dann noch ein paar Worte mit Frau Lenssen wechseln.« Er warf Cäcilie einen Blick zu. »Frau Truckenbrodt hat viele Aufregungen hinter sich. Ich denke, wir lassen sie jetzt allein. Sie braucht ihren Schlaf. Haben Sie noch irgendwelche Wünsche, Frau Truckenbrodt? Soll ich Ihnen den Pfleger kommen lassen, oder sollen meine Männer im Nebenzimmer übernachten?«

»Um Gottes Willen«, erwiderte Cäcilie in ihrer bekannten unliebenswürdigen Art. »Ich wünsche nur meine Ruhe. Mir reicht es, daß man nun auch noch versucht, mich in meinem eigenen Haus zu vergiften.« Nun kam wieder die wehleidige Tour. »Alles, was ich vom Leben noch erwarte, ist, in Ruhe meines Endes zu harren und den Verlust meiner Tochter zu beweinen.«

16

Hansmeier ging, um seine Anweisungen zu erteilen und sein Giftglas loszuwerden, während ich mich schon in mein Zimmer zurückzog, reichlich geschafft und eigentlich reif für die Whiskyflasche, aber da hätte ich in meinem Aufzug noch einmal durchs halbe Haus marschieren müssen, um an den Kühlschrank zu kommen, und die Freude wollte ich Hansmeiers Männern denn doch nicht gönnen. Schnell nutzte ich die Minute des Alleinseins, um den verdammten Morgenrock gegen ein weites Schlabberkleid auszutauschen und mir, Cäcilies Vorbild folgend, mal kurz übers strubbelige Haar zu streichen, dann war er auch schon da.

»Gehn wir auf den Balkon?« schlug ich vor. »Da ist es ein bißchen kühler.«

Er nickte, ebenfalls genervt.

Wir setzten uns nach draußen und beobachteten schweigend den Abgang seiner Truppe. Gefunden hatten sie wohl auch nichts, obwohl sie den Keller sicher nicht ausgelassen hatten. Stümper, diese Polizisten. Auch der Herr Hansmeier ein Stümper. Aber dabei ganz nett.

»So«, sagte er, als der Wagen mit der üblichen Wichtigtuerei um die Ecke gebogen war. Er streckte die Beine aus. »Und nun sagen Sie mir mal, wie das alles war.«

»Hören Sie«, sagte ich aufgebracht. »Glauben Sie wirklich, ich habe was mit der Blausäure in Cäcilies Glas zu tun? Ich bin doch nicht bescheuert.«

Er winkte ab.

»Ich kann mir auch gar nicht vorstellen, wozu das gut sein soll«, insistierte ich. »Das alte Skelett ist doch sowieso bald hinüber.«

»Naja, inzwischen wartet jemand, falls er denn wartet, schon ein ganzes Jahr auf ihren Tod«, gab Hansmeier zu bedenken. »Aber das steht auf einem anderen Blatt. Von Ihnen will ich eigentlich nur eines wissen: Warum in drei Teufels Namen haben Sie die Wanzen entfernt? Warum willigen Sie erst ein, mitzumachen, und dann hintertreiben Sie unsere Observierungen?«

»Einwilligen? Sie haben mich sanft und gemütlich erpreßt, Teuerster, das erstens.«

»Und zweitens?«

Ich beschloß, wieder die Naive zu spielen.

»Cäcilie hatte mich zuerst gefragt, ob ich das Zeug in ihrem Zimmer irgendwie ausschalten könnte. Sie behauptete, es würde summen.«

Er sah mich mit offenem Mund an, sowas Dummes hatte er wahrscheinlich schon lange nicht mehr gehört.

Ich setzte noch eins drauf.

»Ja, und dann dachte ich mir, daß ja bestimmt in meinem Zimmer auch sowas ist. Und ich schnarche doch so entsetzlich, Herr Kommissar. Das wäre mir vor Ihren Männern peinlich gewesen. Es war ja nicht zu erwarten, daß dieser Einbrecher oder Mörder diese Nacht kommen würde, nicht wahr? Wo doch alles so gut bewacht war.«

Er schüttelte langsam den Kopf. »Unfaßbar, Ihre Unverschämtheit«, sagte er. »Frau Truckenbrodt behauptet, Sie hätten geschrien?«

»Ja, hab ich.«

Er sah mich erwartungsvoll an. Mir platzte der Kragen.

»Der Mörder von Nina saß nämlich da drin auf meinem Bett. Erst haben wir uns unterhalten, aber dann hat er seine Knarre gezogen und mich damit bedroht.«

»Frau Lenssen«, sagte er müde, »ich schätze Ihre Phantasie, aber ich wäre sehr dankbar, wenn Sie sich Ihre wilden Stories für Ihre Filme aufheben würden. Was sind Sie bloß für eine bockbeinige Person! Ein Jammer, daß wir auf Sie angewiesen sind.«

»Sind Sie ja nicht«, entgegnete ich achselzuckend. »Ich fahre lieber heute als morgen nach Hause.«

»Frau Lenssen! Warum haben Sie geschrien?«

»Eine Spinne vielleicht?« schlug ich vor, »Ein Nachtfalter? Oder ein Schatten am Fenster?«

»Schatten am Fenster! Dies Haus wurde observiert!«

Nun mußte ich doch grinsen.

»Vielleicht wollte man den Taubblinden eine Chance geben.«

»Lachen Sie mich eigentlich aus, oder was?«

»Kann schon sein.«

»Sie! Meine Geduld ist am Ende!«

Ich konnte ihn verstehen, ein Weibsstück wie ich und so eine Menge Mißerfolge können einem Mann ganz schön zusetzen. Daß er aber aufgesprungen war und mich an der Schulter rüttelte, fand ich zuviel.

»Loslassen!« sagte ich und versuchte mich zu befreien. Ich habe ziemliche Kraft, meine Fettwülste haben auch

Entsprechungen in Muskeln. Aber mein Widerstand machte ihn vollends wild.

Wir rangen miteinander.

Er hatte fest zugepackt, ich wehrte mich herzhaft. Es hatte nichts Spielerisches an sich, wir waren beide ziemlich wütend.

Schließlich zwang er meine Hände herunter und funkelte mich an.

»Was wollen Sie jetzt machen?« fragte ich etwas außer Atem. »Wollen Sie mir einen Vortrag über die Integrität der Polizei halten oder was?«

Statt dessen beugte er sich vor und küßte mich, mit der ganzen Wut und Intensität, die in dieser Balgerei gelegen hatte. Dann ließ er mich los und ging, ohne sich umzudrehen.

Zumindest hatte er mich erstmal sprachlos gemacht. Ich kam nicht einmal mehr dazu, ihm irgendeine Infamie nachzurufen.

Auf meinem Bett brach ich in hemmungsloses Schluchzen aus und fragte nicht einmal danach, ob er die Wanzen nun wieder hatte installieren lassen, als ich auf meine Kissen eindrosch und »Scheißkerle, ihr!« brüllte.

An Einschlafen war nicht zu denken.

Da ich keine Lust hatte, die Vorkommnisse des heutigen Abends ständig wieder im Kopf herumzuwälzen wie eine Kuh den Inhalt ihres Magens, beschloß ich, etwas zu lesen. Das war leichter gesagt als getan. Im Truckenbrodtschen Hause gehörten Bücher nicht unbedingt zur Grundausstattung, obgleich Cäcilie viel las. Sie ließ sich aber alles aus der Stadtbibliothek holen, hetzte Elfriede mit ganzen Listen dorthin.

In meinem Zimmer gab es indessen einen alten Weidenkorb, den ich, neugierig wie ich bin, zu Anfang einmal geöffnet hatte. Ich erinnerte mich, irgendwelche Schriften darin gesehen zu haben.

Besser als gar nichts.

Obenauf lagen lappige Schlipse, ein Brillenetui mit einer Brille altmodischer Fasson, Manschettenknöpfe und, in ein vergilbtes Taschentuch eingeschlagen, eine Zahnprothese. Wie eklig. Es mußte sich wohl um den Nachlaß des hoffentlich seligen Herrn Truckenbrodt handeln.

Darunter gab es Bücher. Allerdings nicht unbedingt solche, die ich für meine Lektüre auswählen würde. Ziemlich entgeistert starrte ich auf Spenglers 'Untergang des Abendlandes', einen gebundenen Jahrgang des 'Völkischen Beobachters' und Hitlers 'Mein Kampf'.

Schnell schlug ich den Deckelkorb zu. Mir kam es vor, als wenn ich eine Ofentür aufgemacht hätte. Nicht doch, bitte nicht! Die Vergangenheit des Hauses Truckenbrodt ging mich nun wirklich nichts an. Die Gegenwart reichte mir vollkommen. Lieber keine Schränke mehr aufmachen, sagte ich mir. Nachher fällt dir noch die SS-Uniform dieses Herrn in die Hände, eingewickelt in die Entnazifizierungsurkunde.

Natürlich rutschte die Geschichte in meine Träume. Aber irgendwie war es auf einmal Schwester Elfriede, die, mit 'Knobelbechern' an den Füßen, zum Klang von Marschmusik die Kellertreppe hinunterstapfte und dabei mit einer Pistole fuchtelte.

17

Der erste Mensch, der mir am nächsten Morgen über den Weg lief, war ausgerechnet Schwester Elfriede. Schlechtes Omen.

Was hatte sie in der Küche zu schaffen, wenn ich mir meinen Kaffee kochen wollte? Mir fiel mein Traum wieder ein. Aber wieso war ich gar nicht zum Umbetten geweckt worden?

Richtig! Da gab es ja jetzt noch diesen Pfleger mit dem kleinen Bärtchen. Immerhin, eine Entlastung für mich.

»Wollen Sie gleich einen mittrinken?« schlug Elfriede vor.

Sie saß nach getaner Arbeit vor ihrem Kännchen, von dem sie mir noch gestern ganz gewiß nicht einmal den Satz angeboten hätte. Irgendein Wandel war mit ihr vorgegangen. Wieso bloß?

Ich dankte, da unsere Vorstellungen von Kaffee, wie ich wußte, weit auseinander gingen. Während Elfriedchen viel Zucker und Sahne in ein Getränk von blaßbräunlicher

Farbe zu kippen pflegte, welches sie immer noch ihrer Gesundheit für abträglich hielt, nahm ich ihn schwarz, so schwarz wie es nur ging.

Allerdings konnte ich nach der freundlichen Einladung kaum umhin, mich zu ihr an den Küchentisch zu setzen. Es schien mir, als wolle sie mir etwas mitteilen, und ich mußte auch nicht lange darauf warten.

»Ich habe Hansmeier angerufen«, fing sie an, und in ihren wäßrigen Augen war ein triumphierendes Glitzern. »Er wird gleich da sein.«

Mir fiel fast die Kaffeetasse aus der Hand. Zum Einschlafen Hansmeier, zum Aufwachen Hansmeier, das war denn doch des Guten ein bißchen viel.

»Was um Gottes Willen soll er denn nun schon wieder?«

»Ich habe ihm eine wichtige Mitteilung zu machen«, erklärte Elfriede wichtig. Und da ich keine Anstalten machte, nachzufragen, fuhr sie fort: »Ich habe nämlich was gesehen.«

Verheißungsvolle Pause.

»Ich habe einen Mann gesehen.«

Na sowas. »Ich sehe auch von Zeit zu Zeit Männer«, warf ich ein und schlürfte meinen Kaffee.

Elfriede nickte. (Ironie machte ihr so viel aus wie Wasser einem Regenschirm.) »Gewiß, aber nicht *den* — ich habe nämlich den Mörder gesehen.«

Das war nun allerdings starker Tobak.

»Wann? Wie? Wo?« fragte ich, und in meinem Bauch setzte ein Kribbeln ein, das mich veranlaßte, meine Kaffeetasse von mir zu schieben.

»Mehrmals habe ich ihn gesehen. Jedenfalls so, wie Sie ihn beschrieben haben, Frau Lenssen. Also Hut und Anzug.«

»Hab ich davon was gesagt?«

»Sagt Frau Truckenbrodt, so hätten Sie das gesagt. Ich konnte mich, ehrlich gesagt, da auch nicht mehr dran erinnern. Aber als ich mich dann nochmal mit ihr darüber unterhalten habe, hat sie das so erwähnt. Ich denke, es war ein Ausländer, wegen dem Hut.«

Elfriedchen war heute von bemerkenswerter Geschwätzigkeit. Vorher hatte sie nie soviel Worte auf einmal an mich gerichtet.

»Ja, und irgendwie muß mir das im Kopf herumgegangen sein. Jedenfalls gestern, als ich hierher kam, um dem jungen Mann die Schlüssel zu bringen, da schlich so eine Gestalt hinten an der Kellertür herum. Ich habe mir zuerst ja gar nichts dabei gedacht, aber der Mörder kehrt zum Ort der Tat zurück, nicht wahr, so heißt es doch. Und als mir dann einfiel, daß derselbe Ausländer auch bei Frau Truckenbrodt gewesen war ...«

»*Wann* war er bei Frau Truckenbrodt gewesen, Schwester Elfriede?« Mir blieb die Luft weg.

»Am Tag, bevor Frau Ostrowski umgebracht wurde«, raunte Elfriede, als vertraute sie ihrer Nachbarin an, daß Frau Lehmann schon wieder einen neuen Pelz hatte.

Jetzt war mir klar: die Gute spann sich da was zusammen, um sich wichtig zu machen. Ich atmete auf.

»Kann es sein, daß Sie eine blühende Phantasie haben?« bemerkte ich vorsichtig.

»Das sagt Frau Truckenbrodt auch«, entgegnete Elfriede. »Aber Herr Hansmeier war da ganz anderer Meinung. Als ich auch nur die geringste Andeutung machte, wurde er ganz aufgeregt und sagte, er käme sofort, um ein Protokoll aufzunehmen.«

Der arme Junge! Es war ja wohl seine Pflicht, jedem noch so geringen Verdachtsmoment nachzugehen. Er tat mir richtig leid. Aber wozu war er Bulle geworden ...

Auf dem Gang klirrte es. Der junge Pfleger kam mit dem Beistellwagen und den Resten von Cäcilies Frühstück in die Küche.

»Ein schwieriger Fall«, sagte er seufzend, während er das Geschirr in die Maschine tat und die Reste in den Mülleimer. »Mal ist ihr der Tee zu kalt, mal der Toast zu lappig, und dann wieder ist ihr die Butter zu fest. Ich hab dreimal rennen müssen.«

Elfriede, die doch eigentlich hätte zufrieden sein müssen, daß ihr jemand die Arbeit abnahm, guckte gehässig.

»Tja, da muß man sich eben ein bißchen Mühe geben, lieber René. Frau Truckenbrodt ist an fürsorglichste Pflege von erfahrener Hand gewöhnt.«

René schlug die hübschen braunen Augen nieder. Er tat mir leid.

»Wann, meinen Sie, ist der Kommissar hier?« fragte ich, stand auf und stellte meine Tasse gleich mit in die Spülmaschine.

»In einer knappen Stunde«, meinte Elfriede wichtig. Da hatte ich noch Zeit, eine Sache zu erledigen, die mir am Herzen lag. Elfriede hatte ja nun ein anderes Opfer. Mochte sie René mit dem Bärtchen noch ein bißchen piesacken. Ich hatte zu tun.

»Schönen Tag noch«, grüßte ich und enteilte.

18

Der Truckenbrodtsche Keller hatte zwei Eingänge. Der eine ging vom Hausflur ab und führte zu (leeren) Vorratsregalen und Verschlägen, wo früher Holz und Kartoffeln lagerten. Daneben war der Raum mit der Heizung und der Waschmaschine. Hier träumten auch ein paar Liegestühle, eine alte Luftmatratze und eine ausgediente Couchgarnitur von den besseren Tagen, die sie früher gesehen hatten. Eine von innen verriegelte und verschlossene Tür führte zu der außer Dienst gestellten Waschküche des Hauses mit ihrem großen eingemauerten Kessel über der Feuerstelle und den an Wänden aufgereihten Waschbaljen und Holzbütten, Requisiten einer hausfraulichen Vergangenheit, in der einem nach einem Arbeitstag alle Knochen wehtaten — Cäcilies Vergangenheit. Von dort aus ging eine weitere Tür nach draußen auf den verlotterten, seit Jahren nicht gemähten Grasplatz, wo ehemals die Wäsche zum Bleichen gebracht und auf die Leine gehängt wurde. Die verrosteten Wäschepfähle standen noch da.

Mir war sofort klar, daß der Heizungskeller mit der Couch und den Sesseln Hannibals Zufluchtsort sein mußte.

Neben dem einen Sessel standen zwei geleerte Flaschen Fernet Branca — also soff er das Zeug immer noch! Gleich daneben Lektüre nach seinem Geschmack: »Max« von Howard Fast und ein Thriller aus dem Detroit der Prohibitionszeit, »Whisky River« von Loren D. Estleman, beide im Original. Ich kannte das letztere und konnte mir lebhaft vorstellen, daß er sich in dem Helden Jack Dance gespiegelt fand. Kindskopf, vermaledeiter.

In der Bude hing der bekannte süßliche Geruch.

Aber obwohl ich mir hier hundert Winkel vorstellen konnte, wo er sein 'Zeugs' gelagert hatte — zu finden war jedenfalls nichts.

Erst als ich mir die Tür zur alten Waschküche etwas näher ansah, kam ich auf den Punkt.

Natürlich. Man konnte diesen Keller von zwei Seiten aus betreten, sowohl übers Haus als auch von draußen.

Das Schloß zeigte nicht den geringsten Ansatz von Rost, und der so wuchtig aussehende Riegel bewegte sich wie geschmiert — was er ja wohl auch war. Ich besah mir das Ding etwas näher. An der Stelle, die mit der Fuge zwischen Tür und Pfosten genau übereinstimmte, und fortlaufend in bestimmten Abständen gab es tief eingefeilte Rillen. Man konnte also diesen Riegel auch von außen zurückschieben, wenn man die Klinge eines Taschenmessers oder einen Schraubenzieher in diese Rillen drückte und schob. Höchst einfach. Und für das simple Türschloß brauchte man nicht einmal einen Nachschlüssel. Da genügte schon der Haken eines Kleiderbügels.

Tief aufatmend ließ ich mich für einen Augenblick in einen der alles andere als verstaubt wirkenden Sessel fallen.

Wunderbar. Und wieso hatten unsre Freunde und Helfer das alles gestern abend nicht bemerkt? Auf die Abteilung K. schienen sämtliche im Umlauf befindlichen Polizistenwitze zuzutreffen.

Oben klingelt es Sturm. Sollte er doch, der liebe Hansmeier. Irgendwann würde Schwester Elfriede ihre Belehrungen, die sie sicher gerade dem kleinen René zuteil werden ließ, ja wohl unterbrechen und den Herrn Polizeier hereinlassen, um ihm ihre hirnrissigen Enthüllungen zu unterbreiten.

Natürlich half das alles noch gar nicht weiter.

Hannibal Portnoi und Nina Truckenbrodt hatten also noch immer – oder erneut – unter einer Decke gesteckt, das stand fest. Und sie hatte um seine krummen Geschäfte gewußt, sie gedeckt, vielleicht sogar mitgewirkt.

Mit oder ohne Wissen von Cäcilie? Das war die eine Frage.

Und die andere: Warum – wenn er's denn wirklich gewesen war! – hatte er Nina erschossen? Aber je länger ich darüber nachdachte, um so weniger mochte ich es ihm zutrauen. Komisch. Dabei hatte ich ihn doch gesehen –

Zum Überlegen kam man nicht bei dem Krach.

Hansmeier versuchte offenbar, die Tür einzutreten. Herrgott nochmal, saßen die denn auf ihren Ohren?

In das Geklopfe an der Haustür mischte sich jetzt auch noch die schrille Klingel von Cäcilie. Wo steckten die denn alle?

Ich spurtete hinauf.

Die erste, auf die ich traf, war Schwester Elfriede. Aber es war klar, daß sie nicht geöffnet hatte. Sie konnte nicht.

Sie lag auf den ersten Stufen der Kellertreppe – offenbar hatte sie sich brennend dafür interessiert, was ich da unten wollte. Die Injektionsnadel, mit der man ihr eine tödliche

Dosis von wer weiß was verabreicht hatte, steckte in ihrem Hals.

Daß von dem kleinen netten René jede Spur fehlte, erübrigt sich fast mitzuteilen.

19

»Das Zeug« (er nannte einen Namen aus dem Chemieunterricht, den ich sofort wieder vergaß — in Chemie war ich immer das Schlußlicht gewesen) »ist so fachmännisch in die Schlagader appliziert worden, daß es keinesfalls ein Nichtmediziner gewesen sein kann«, sagte Hansmeier kummervoll. »Und der Junge ist flüchtig, o.k. Trotzdem, Gnädigste. Es ist nun einmal so. Den ersten Mord haben Sie gesehen. Unsere Ermittlungen, die zu unterstützen ich Sie gebeten habe, wurden von Ihnen nach Strich und Faden hintertrieben. Und jetzt waren Sie neben der bettlägerigen Frau Truckenbrodt die einzige Person hier im Haus, als der zweite Mord passierte.«

»Wieso? Sie haben doch eben selbst gesagt, der Junge ist flüchtig.«

»Wenn ich Ihren Aussagen Vertrauen schenke.«

»Und wenn nicht?«

»Dann ist Aurora Lenssen diejenige, die unter dringendem Mordverdacht steht.«

Ich schnappte nach Luft.

Es ging mir ohnehin nicht besonders gut. Eins ist es, irgendwo da drüben unter schattenden Bäumen eine Silhouette die Pistole erheben und auf eine andere Silhouette schießen zu sehen, ein anderes, den unbeweglichen Leib einer Person, mit der man noch vor einer Viertelstunde Belanglosigkeiten ausgetauscht hat, auf der Treppe vor sich zu sehen, eine Spritze im Hals wie der Stier in der Arena seine Banderilla.

»Ich will'n Schnaps«, sagte ich mühsam.

»Nein«, entgegnete er hart. »Nicht, solange ich hier mit Ihnen rede.«

»Herr Hansmeier«, versuchte ich es ganz langsam, »Sie wissen, daß ich es nicht war. Was für ein Motiv sollte ich haben?«

»Was für ein Motiv sollte René Kunger haben?«

»Wissen Sie denn genau, daß René Kunger, falls er denn so heißt, auch René Kunger war?«

In seine Augen trat ein anerkennendes Funkeln. »Ihren Scharfsinn in allen Ehren. Aber das werden wir ganz schnell herausbekommen. Die Fahndung läuft, und natürlich werden wir als erstes Herrn Kungers Wohnung inspizieren. Danach wissen wir sicher ein bißchen mehr.«

»Und dann kann ich gehn?«

Er schüttelte den Kopf. »Die Tatsache, daß jemand in der Nähe eines Mordes flüchtig ist, bedeutet noch nicht, daß er unbedingt der Täter sein muß.«

»Aber es ist doch absurd, mich jetzt —«

»Absurd ist es nicht. Daß ich Sie nicht für eine Mörderin halte, steht auf einem anderen Blatt.«

Wir sahen uns an.

Es war einer jener merkwürdigen Momente, wo etwas zwischen Leuten geschieht, einer jener Momente, wo der

Wind zu wehen aufhört und keine Uhr mehr tickt, wo die Fliege, die seit einer Stunde nervenaufreibend durchs Zimmer kurvt, eine Pause auf dem Fensterkreuz einlegt und die Beteiligten das Gefühl haben, ihr Herz setze für die Länge eines Lidschlags aus.

Wie gesagt, die Länge eines Lidschlags. Aber danach war alles irgendwie anders.

»Also was nun?« löste ich die Situation auf. »Haben Sie ihre Handschellen dabei? Ab ins Präsidium, oder wie?«

Er stand auf und ging im Zimmer hin und her. Eine Antwort gab er nicht.

Ich wechselte das Thema, ihm zuliebe.

»Wie geht es Cäcilie?«

Im Gegensatz zu der stoischen Gelassenheit, mit der sie sowohl den Tod ihrer Tochter als auch den gestrigen Mordversuch an ihr selbst aufgenommen hatte, war die alte Frau diesmal völlig aus der Fassung geraten. Ihr Hausarzt hatte ihr etwas zum Beruhigen gegeben. Hansmeier zuckte die Achseln. »Sie schläft, nehme ich an. Die zwei neuen Pfleger kennt der Arzt persönlich. Natürlich weigert sie sich nach wie vor, in ein Heim zu gehen.«

»Verständlich.«

»Verständlich? Aurora, ihre Nerven möchte ich haben. Dieser hilflosen alten Person ist innerhalb von achtundvierzig Stunden die Tochter erschossen und die Betreuerin ermordet worden, mal ganz abgesehen von dem Anschlag auf sie selbst. Also ich, wenn ich sie wäre, würde mich so weit wie möglich von dem Ort wegwünschen, wo dergleichen passiert ist.«

»Und wieder passieren kann?«

»Das kann nie ausgeschlossen werden.«

»Ein klares Wort zur rechten Zeit.«

Einer von Hansmeiers Männern erschien in der Tür.

»Einen Augenblick, bitte.« Er ging hinaus und machte sorgfältig zu. Wollte er nicht, daß ich etwas verstand von dem, was man mit ihm beredete, oder trug er Sorge, ich könnte abhauen?

Abhauen, nein. Jetzt kam das nicht in Frage. In der Hinsicht konnte ich den starrsinnigen Mut Cäcilies sehr gut verstehen. Wir konnten uns zwar nicht leiden, aber eins hatte sie offenbar mit mir gemeinsam: das Beharrungsvermögen, die zähe Neugier, den Willen, eine Sache zu Ende zu bringen. Bei mir waren das berufsbedingte Eigenschaften. Bei ihr vielleicht das Ergebnis eines langen Lebens, in dem sie stets dominiert hatte.

Übrigens, zwei Pfleger, hatte Hansmeier gesagt. Das bedeutete, ich war nicht dazu verdonnert, die Truckenbrodt mit zu versorgen. Schon mal ein Vorteil.

Er betrat wieder den Raum. Sein Gesichtsausdruck war alles andere als fröhlich.

»Na, was gibt's Neues?« fragte ich betont munter.

Er ließ sich auf einen Stuhl fallen.

»Eigentlich sollte ich es Ihnen nicht sagen. Aber es ist so, wie Sie vermutet haben: Der echte René Kunger sitzt friedlich bei sich zu Hause und hat von nichts eine Ahnung. Er gibt an, gleich nach dem Anruf, der ihn hierher bestellte, habe er sich fertig gemacht. Auf der Straße vor dem Haus habe ihn dann ein junger Mann abgefangen, der sich mit einer Polizeimarke ausgewiesen habe. Die Sache hätte sich erledigt, vielen Dank auch.«

»Soll ich raten? Der junge Mann mit der Polizeimarke hatte ein schütteres Bärtchen und braune Augen.«

Hansmeier nickte düster. »An die Augenfarbe konnte sich Kunger nicht erinnern. An das Bärtchen schon.«

»Also bin ich aus dem Schneider.«

»Sind Sie nicht«, widersprach er. »Flüchtige Täter sind

nicht überführte Täter, und Verdacht ist nichts weiter als Verdacht. Aurora, eigentlich müßte ich Sie mitnehmen.«

»Und uneigentlich?«

Er sah müde vor sich hin.

»Ich kann nichts sehen«, murmelte er, und ich verstand auch ohne Erklärung, was er meinte mit 'sehen': keinen Zusammenhang, keinen Grund, oder, wie's im Fachchinesisch hieß, kein Motiv. Weder für mich noch für jemand anderen. Es ging mir ja genauso. Ich konnte auch nichts sehen.

»Es gibt zwei Varianten, was Sie betrifft«, fuhr er fort. »Nein, es sind sogar drei.«

»Ich höre.«

Er verfiel auf einmal ins Du. »Die erste und einzig korrekte ist, daß ich dich als Verdächtige mitnehme.«

Ich schwieg und sah ihn an. Er blickte gequält an mir vorbei.

»Die zweite ist, ich laß dich laufen.«

»Das darfst du ja nicht«, gab ich zurück, fast schon ein bißchen gehässig. »Und ich will auch gar nicht weg von hier.«

»Du bist ein furchtbares Weib. Wenn man dich bittet, zu bleiben, willst du unbedingt abhauen. Wenn man sagt: Mach, daß du wegkommst, erklärst du, das kommt nicht in Frage.«

»Richtig. Kommt nicht in Frage. Du behauptest hier, ich hätte möglicherweise Schwester Elfriede totgemacht, und ich soll das auf mir sitzen lassen, mich verkriechen und abwarten, daß Hansmeier den Fall löst? Für wen hältst du mich? Außerdem will ich's wissen. Ich will es genauso dringend wissen wie die Polizei und vielleicht noch dringender.«

»Wieso?« fragte er schnell. Ein fixes Kerlchen.

»Na, weil es meine ureigene Angelegenheit ist«, wich ich rechtzeitig aus. »Ich will hierbleiben, klar?«

»Sowas hab' ich erwartet«, sagte er. Merkwürdigerweise klang es ziemlich befriedigt.

»Gib mir Zeit, damit ich auf meine Art versuche, Licht in die Geschichte zu bringen. Von mir aus gib mir irgend einen Wachhund, der aufpaßt, daß ich keine krummen Dinger mache oder Reißaus nehme. Aber weis ihn bitte an, daß er mir an langer Leine folgt. Ich kann es nicht ausstehen, wenn man mir auch noch auf dem Klo zuguckt.«

Er mußte lachen.

»Wieviel Zeit?«

»Eine Woche.«

Hansmeier schrie gequält auf. »Ausgeschlossen. Achtundvierzig Stunden, das ist das höchste, was ich dir bewilligen kann. Solange kann ich es auf meine Kappe nehmen, dich frei herumlaufen zu lassen. Wenn keiner von uns beiden bis zu diesem Zeitpunkt Resultate aufzuweisen hat, mußt du dran glauben.«

»Nett ausgedrückt«, bemerkte ich. »Kann ich jetzt hier raus?«

»Das konntest du immer.«

»Und kann ich einen trinken?«

»Du mußt doch selbst wissen, ob dir das hilft oder nicht«, sagte er spitz.

»Da hast du recht, Hänschen.«

»Wieso nennst du mich Hänschen?«

»Da du ja keinen Vornamen zu haben scheinst, habe ich einfach den Familiennamen in Hans Meier aufgeteilt und nenne dich nun Hänschen.«

Er sah mich empört an. »Ich heiße Peter.«

»Auch nicht viel besser«, konnte ich mir nicht verkneifen zu sagen.

»Aurora!«

»Ja?«

Er war aufgestanden und zu mir getreten.

»Ich riskiere Kopf und Kragen, wenn du —«

Er brachte den Satz nicht zu Ende, sondern beugte sich vor und küßte mich.

Es kostete mich keine Überwindung, den Kuß zu erwidern.

»Gibt es irgendwas, was du weißt, aber mir nicht sagst?« fragte er eindringlich.

Ich sah ihm tief in die hübschen braunen Augen.

»Ganz bestimmt nicht«, log ich überzeugend. Wie sagte doch Cäcilie Truckenbrodt so treffend: Wer einen Mann hat lieb/bind't ihm nicht alles auf'n Hieb.

20

Nun hatte ich mich selbst festgenagelt, oder, wie mein alter Regielehrer immer zu sagen pflegte: Ich stand unter Erfolgszwang. Achtundvierzig Stunden, du liebe Zeit! Meine ganze Hoffnung bestand darin, daß Hannibal Portnoi wieder aus wer weiß welcher Versenkung auftauchen und wie der Kasper im Puppentheater — mallicke-mallucke! — die ganze Chose aufklären würde, so oder so.

Aber was war, wenn er nicht kam? Oder doch kam, aber in seinem Gefolge der nächste unnatürliche Todesfall? Und außerdem hatte ich ja nun auch noch diesen Wachhund des Herrn Peter Hansmeier auf dem Hals. Einerseits war's mir lieb. Andererseits konnte es mich in meinen Unternehmungen empfindlich behindern.

Da fiel mir noch etwas ein.

Ich flitzte auf den Balkon. Hansmeier wollte gerade in seinen Wagen klettern. Als ich auf zwei Fingern pfiff, sah er zu mir auf, die Sonnenbrille schon in der Hand, und blinzelte.

»Warte eine Sekunde!« rief ich. »Da ist noch was.«

Die Art, wie ich die Treppe nahm, trieb mir schon wieder den Schweiß aus den Poren.

»Ich brauch von dir noch ein paar Hilfen«, erklärte ich ihm. »Dinge, an die ich als Privatfrau nicht herankomme.«

Schweigend zückte mein Partner von der staatlichen Ordnungshut sein Notizbuch.

»Dieser Ehemann …«

Er verstand erstmal gar nichts.

»Der Ehemann von Nina«, sagte ich ungeduldig. »Kannst du herausbekommen, ob er zur Beerdigung kommt?«

»Aus Brasilien?«

»Argentinien war es«, verbesserte ich ihn. »Und dann würde mich interessieren, womit der sein Geld verdient — wenn er Nina so kurz gehalten hat, kann es ja wohl nicht soweit her sein mit seinen Geschäften.«

Hansmeier notierte schweigend.

»Und woher Nina ihr Geld bezogen hat — ist das irgendwie rauszukriegen?«

»Ich fürchte, nein«, entgegnete er seufzend. »Das haben wir schon versucht. Die Einzahlungen sind alle von ihr selbst vorgenommen worden, in bar.«

»Vielleicht Spenden ihrer zahllosen Vereine«, mutmaßte ich.

»Sonst noch was?«

»Nein. Das heißt, doch. Ich habe keine Lust, in Gegenwart des alten Drachen dich anzurufen oder von dir angerufen zu werden. Was kann man da tun?«

»Ich geb dir ein Funktelefon«, sagte er.

Offenbar war ich als Partner voll akzeptiert — für achtundvierzig Stunden, versteht sich.

»Addio, Hans, nein, Peter«, sagte ich munter. Ihn ein bißchen zu ärgern, machte mir Spaß.

Wortlos schob er sich die Sonnenbrille vor die Augen, stieg ein und fuhr los.

Zeit, Zeit, Zeit!

Da tat ich doch tatsächlich so, als wären meine achtundvierzig Stunden Galgenfrist die ganze Ewigkeit.

Erst einmal ging ich essen. Streß macht bekanntlich Appetit.

Das Lokal an der Ecke war mitnichten eines mit schlichter Hausmannskost, sondern eins von den feineren, wo die VIPs der Gegend und solche, die es gern sein wollten, wenn möglich auf Geschäftskosten speisten. Mein Verlangen nach einem simplen Eisbein war auf totales Unverständnis gestoßen, aber wir hatten schließlich eine salvatorische Klausel gefunden in Form einer in Edelgemüsen geschmorten Lammhaxe mit einer doppelten Portion Pommes frites. Ketchup hatte das vornehme Haus nicht. Ich behalf mich mit einer Portion geschmorter Tomaten, die ich mit Curry, Chili und Zucker veredelte, und trank dazu zwei, drei Bierchen.

Unter den mißbilligenden Blicken des Kellners, der mich am liebsten gebeten hätte, meine Zahlungsfähigkeit nachzuweisen, krönte ich die ganze Sache mit einem Stück Schwarzwälder Kirschtorte und einer Extraportion Sahne.

»Die Torte war das beste«, entgegnete ich wahrheitsgemäß auf die Routinefrage des Obers, ob es mir denn geschmeckt hätte.

Er warf mir den Blick eines waidwunden Rehs zu — offenbar hatte die Qualität des Trinkgelds seine Meinung über mich etwas revidiert.

»Aber Madame, unsere Lammhaxe zählt zu den Spezialitäten des Hauses!«

»Möglich«, sagte ich. »Aber vielleicht zähle ich nicht zu den Gästen des Hauses.«

Meine Freimütigkeit entlockte ihm ein Lächeln. Sein breites, glänzendes Gesicht mit den roten Adern in den Wangen und sein unretuschierbarer Dialekt ließen ahnen, daß er unverkrampftere Zeiten hinter sich hatte.

»Sind Sie schon lange hier?« fragte ich und legte noch ein Fünfmarkstück neben meinen Tortenteller.

»Das will ich meinen«, nuschelte er, fuhr mit seiner Serviette übers Tischtuch, um ein paar imaginäre Krümel zu beseitigen und ließ dabei dezent das Geldstück verschwinden. »Ich war hier schon, als die Nachbarn abends zum Biertrinken und Kartenspielen kamen, also vorm Umbau, bevor der Sohn hier übernahm und alles ummodelte.«

»Und dann kamen die anderen Gäste«, half ich weiter.

»Ja, dann kamen die anderen Gäste.« Er grinste. »Nicht mehr so familiär, aber einträglicher, Sie verstehen. Geheimtip der reichen Leute.«

Ich nickte.

»Sind Sie von hier?«

Klar, daß er mich nicht kannte. Ich war während meines Aufenthalts nie in diese 'Apotheke' gegangen. Und die Leute aus dem Viertel hier kamen offenbar auch nicht mehr. Trotzdem versuchte ich mein Heil.

»Ich war eine Freundin von Nina Truckenbrodt«, sagte ich mit Grabesstimme, »und besuche gerade ihre Mutter.«

»Nina?«, er fing an zu vibrieren. Natürlich war die Sache Gesprächsthema Nummer eins im Kiez, und dazu gehörte er wohl immer noch. »Da kennen Sie also diese entsetzliche Geschichte? In unserer stillen Gegend! Was denken Sie, was es das Geschäft hier belebt hat.«

Offenbar war die Nachricht vom zweiten Mord im Hause Truckenbrodt noch nicht bis zu ihm gedrungen — Peter Hansmeier leistete eben doch diskrete und saubere Arbeit.

»Kennen Sie die Truckenbrodts?«

»Aber junge Frau, was denken denn Sie! Ob ich sie kenne? Die alte Frau Truckenbrodt hat mich immer mit dem Stock aus ihren Kirschen verjagt, als ich noch ein Lausebengel war, und damals machte Nina noch in die Windeln! Was für eine tragische Geschichte!«

Offenbar war er vom Krückstock Cäcilies, den Kirschen und Ninas Windeln schon wieder zum Mord übergewechselt.

Ich hakte nach.

»Grauenhaft, nicht wahr? Ich kann mir überhaupt nicht vorstellen, was hinter so einer Sache steckt ...«

Er setzte ein wissendes Lächeln auf.

»Das dürfte ja nicht so schwierig sein«, sagte er überlegen. »Nina war eine lebenslustige junge Frau, sehr beliebt ringsum, sehr beliebt!«

»Sie meinen?«

»Mord aus Eifersucht«, sagte er knapp. »Gar keine Frage. Haben Sie noch einen Wunsch, meine Dame?«

Für fünf Mark war offenbar nicht mehr aus ihm herauszuholen — und es lohnte ja wohl auch nicht.

Ich dankte und ging.

Mord aus Eifersucht. Und wer war wohl eifersüchtig auf die liebe Nina? Hannibal Portnoi? Der dann also auch auf Elfriede eifersüchtig gewesen sein mußte?

Vom Umfeld des Hauses war offenbar nichts Vernünftiges zu erfahren. Und so genehmigte ich mir erst einmal jene zwei, drei Whiskys, nach denen mich schon so lange dürstete, legte mich für einen Moment aufs Ohr, um über bestimmte Dinge Klarheit zu erlangen und — schlief ein, als ob man mir etwas eingeflößt hätte. Dabei hatte ich mir nur selbst etwas eingeflößt.

Trotzdem. Offenbar hatte es irgendwie sein müssen. Im Schlaf arbeitet der Geist weiter, heißt es. Ich konnte nur hoffen, daß mein Geist das wußte.

Zunächst erhob ich mich relativ erfrischt und vom Schock kuriert. Die Versuchung, noch einmal zur Flasche zu greifen, wies ich von mir und beschloß, erst einmal zu sehen, was Cäcilie machte.

Sie tat etwas für mich sehr Produktives: sie schlief nämlich. Bewacht von einem Pfleger und einer Schwester, robusten und altgedienten Soldaten des Hippokrates, ruhte sie, Tranquilizer im Leib, von ihren furchtbaren Erlebnissen aus, und diese beiden Erzengel standen zuverlässig Wache vor ihrer Tür. Für mich etwas sehr Begrüßenswertes.

Das Haus gehörte mir.

Ich trat auf den Balkon, um herzhaft in frischer Luft zu gähnen, mich zu recken und zu strecken.

Auf der anderen Seite ging ein Mann auf und ab und warf einen verstohlenen Blick zu mir empor. Bestimmt der von Hansmeier ausgeschickte Wachhund, der mich behüten sollte. Ich winkte ihm jovial zu. Natürlich wandte er den Kopf ab. Inkognito! Ich grinste.

Und nun? Womit anfangen?

Auf der Suche nach einer Sache, von der ich nicht wußte, was es für eine war, einem Hinweis, einem Fingerzeig welcher Art auch immer, beschloß ich, mich zunächst einmal auf den Spuren der Polizei zu bewegen und das von ihr durchsuchte Zimmer der toten Nina noch einmal zu visitieren.

Die Sache hatte nur den Haken, daß der Raum verschlossen und versiegelt war.

Mit Schlössern, zumal wenn sie alter Machart waren, kam ich ganz gut zurecht. Da ich selbst meinen Wohnungsschlüssel alle Nase lang vergaß, hatte ich auf dem Grund meiner Umhängetasche einen Dietrich, so ein ganz simples Ding mit schön breitem Bart. Bestimmt war das Zimmerschloß in diesem alten Haus nicht unbedingt ein Produkt der Hochsicherheitstechnik.

Meine Vermutung bewahrheitete sich. Mit dem Schloß war ich in nullkommanichts fertig. Blieb noch das amtliche Siegel.

Vorsichtig, in der Hoffnung es wieder so hinzukriegen, wie es vorher war, löste ich die Strippe. So, das war's. Ring frei zur ersten Runde.

Mit Mühe unterdrückte ich meinen Wunsch, erst einmal gründlich zu lüften. Es war stickig heiß in diesem Raum. Er lag auf der Südseite und die Jalousien waren hochgezogen. Der Schweiß trat mir sofort aus allen Poren.

Im Zimmer herrschte eine furchtbare Unordnung, die nicht nur den Fahndern von der Kripo zuzuschreiben war. Ich kannte ja Nina. Schon während unserer gemeinsamen Studienzeit sah ihre Bude immer aus wie ein Saustall, unterm Bett fünf Paar Pumps mit abgelatschten Pfennig-Absätzen, im Fond des Kleiderschranks Dreckwäsche und ungebügelte Bettbezüge auf einem Haufen, in der Spüle der Abwasch von drei Tagen. Hier sah es vom Prinzip her ähnlich aus.

Ninas Bett war ungemacht, und darauf häufte sich ein wüstes Durcheinander von getragenen Slips, BHs, halterlosen Strümpfen (ich versuchte, mir so etwas an meinen Beinen vorzustellen), Damenbinden und Frisierutensilien. Über einem Stuhl hing ein Sammelsurium getragener Garderobe. Kleiderschränke an den Wänden, vor deren innerem Chaos ich kapitulierte – Pelze und Sommerkleider in wirrem Durcheinander, doppelt und dreifach auf den Bügeln, zum Teil auch einfach oben über die Stange geworfen, unten drin Schuhe, Schirme, Regencapes. Da machte ich schnell wieder zu.

Auf dem Teppich lag der Staub in Flocken. Dichte Schichten bedeckten auch die Regale. Viele Zeitschriften lagen da kreuz und quer und von Fusseln überwuchert: all die Vereinsblätter, wo Nina mitgemischt hatte, viele Exemplare von *Geo* — naja, sie war ja so naturschützerisch engagiert.

Auf einer Konsole mehrere Schuhkartons mit Schmuck, ein wilder verfilzter Knäuel von Ketten, Spangen, Ohrringen, kein Mensch konnte ahnen, was davon echt und was Talmi war.

Kein einziges Bild an den Wänden, keine Leselampe, keine Kuschelecke mit Kissen, kein Radio oder Recorder. Für Nina schien dies 'Zuhause' nur eine Höhle zu sein, in die man sich zurückzog, um zu schlafen und sich umzuziehen. All ihr Leben spielte sich offenbar draußen ab.

Am Fenster gab es einen Blumentopf, der bestimmt schon vor Monaten seinen Geist aufgegeben hatte. Traurig hingen die verdorrten Stengel herab. Blumen zu gießen war nicht ihre Welt — na gut, meine auch nicht.

Als letztes fesselte der Schreibtisch meine Aufmerksamkeit. Bedauerlicherweise war es nur ein simpler Holztisch, wies keinerlei Fächer oder Schubladen auf. Keine Schreibmaschine, kein Computer. Eine uralte, von Staub überzogene Schreibgarnitur, offenbar seit Jahr und Tag nicht mehr benutzt. An der Wand auf einen Nagel gespießt die Kontoauszüge.

Ich blätterte des Zeugs durch. Da waren also die Avis aus Argentinien, regelmäßig, von ihrem Herrn Gemahl, wirklich nicht die Welt. Und dann diese Einzahlungen, unregelmäßig, sehr hübsche Summen. Was zum Teufel hatte sie getrieben!? Und warum lebte sie so merkwürdig, hier im Haus ihrer Mutter, in so einem vernachlässigten Zimmer? Auf dem Schreibtisch türmten sich Berichte und Protokolle irgendwelcher Organisationen. Alles schien nur abgelegt, nicht bearbeitet worden zu sein. Mir ekelte vor dem Staub. Schon begannen meine Nasenflügel zu vibrieren.

Die eigentliche Katastrophe, das wußte ich, würde erst geraume Zeit später einsetzen, aber dann vehement. Die ganze Sache schien ein Flop zu sein. Keine Notizbücher, keine Aufzeichnungen oder kodierte Tagebücher. Gar nichts. Lediglich ein altes, drei Jahre zurückliegendes Notizbuch fand sich neben der Schreibgarnitur. Ich durchblätterte es, ungeachtet der aufsteigenden Staubwolke. Nichts. Leere, nackte Seiten. Nur vorn Name, Anschrift und Kontonummer.

Ich war wütend. Mußte ich wegen diesem Chaos meine Allergie aktivieren? Eine leere Fernet-Branca-Flasche nebst zwei Gläsern direkt neben Ninas zerwühltem und mindestens ein halbes Jahr nicht frisch bezogenen Bett versetzte mich vollends in Rage.

Ich gab dem Ding einen Fußtritt. Annibale Portnoi! Und nicht nur ante portas, wie man sah.

Dann entdeckte ich doch noch etwas.

Es lag nicht auf dem Schreibtisch und nicht im Regal, sondern auf dem Stuhl, der von Kleidungsstücken bedeckt war, und zeichnete sich dadurch aus, daß es nicht verstaubt war. Unter Dessous, Rüschenblusen und Röckchen lag auf der Sitzfläche des Stuhls ein alter Schulatlas, zwischen dessen Seiten zwei Dinge eingeklemmt waren: eine ältere Ausgabe von *Geo* und ein Ausriß aus einer Zeitung mit einer Annonce — von wann sie stammte, war nicht erkennbar.

Existenzgründung in Argentinien!

Eine Gruppe 'seriöser Unternehmer', die sich hinter einer flott klingenden Buchstabenkombination verbarg, offerierte eine einmalige Chance für Existenzgründer: Tausende von Quadratkilometern jungfräulicher Pampa, hieß es da blumig, warteten darauf, erschlossen zu werden. Nicht nur die Parzellen wurden vergeben, sondern auch gleich die Häuser, Typ I, II oder III, je nach Familiengröße und finanzieller Situation, die das seriöse Unternehmen dort für die Siedler errichten würde. Gute Verdienstmöglichkeiten ergäben sich durch Rinderzucht und Maisanbau. Die Preise der Parzellen, inklusive Schiffspassage und Paßformalitäten, betrugen zwischen zwanzig- und sechzigtausend Mark. Ich schüttelte den Kopf. Ob es immer wieder Leute gibt, die auf so etwas hereinfallen? Offenbar ja.

In Ninas Atlas waren die in Frage kommenden Gebiete mit rotem Filzstift markiert, schwungvolle Ausrufezeichen am Rande deuteten auf die Wichtigkeit der Sache hin.

Anscheinend etwas, das mit ihrem Ex-Mann zusammenhing. Vielleicht war er auch einer von den dummen Nüssen, Existenzgründer in Argentinien. Deshalb fiel Ninas Unterhalt so spartanisch aus.

»Guck doch nicht immer nach dem Tangogeiger hin, was ist schon dran an Argentinien?« summte ich einen alten Schlager vor mich hin, als ich Ninas Domizil wieder räumte und den Faden sorgfältig mit Klebstoff am Siegel befestigte — zunächst einmal sah es völlig unberührt aus.

Ich war enttäuscht. Ninas Zimmer hatte ich mir ergiebiger vorgestellt. Vielleicht sollte ich nachts noch einmal zurückgehen und alles ganz genau untersuchen — jede Manteltasche umkehren, die Handschuhe befühlen, das Band von den Hüten abtrennen und den vertrockneten Blumentopf umstülpen?

Ach was. Zu so etwas hatte ich keine Geduld. Und ich glaubte auch eigentlich nicht, daß der Schlüssel zu den Verbrechen im Hause Truckenbrodt mittels irgendwelcher Indizien entdeckt werden konnte. Die Leute mußten reden. Cäcilie mußte reden. Und vor allem mußte Hannibal Portnoi reden.

21

In meinem Zimmer zirpte das Funktelefon — um Cäcilies feine Ohren nicht zu aktivieren, hatte ich das Signal so leise wie möglich gestellt.

Peter Hansmeier war ein zuverlässiger Partner.

»In Sachen Horst Ostrowski«, kam seine Stimme sachlich durch die Leitung. »Seine Firma teilte mir mit, daß Herr Ostrowski zur Beerdigung seiner Gattin nach Deutschland abgereist ist. Leider konnten wir ihn weder hier noch irgendwo sonst orten. Er ist in keinem der Hotels der Stadt abgestiegen, er hat sich weder bei Frau Truckenbrodt, noch beim Bestattungsinstitut, geschweige denn bei uns gemeldet.«

»Hm«, machte ich. »Komisch. Vielleicht ist der Flieger abgestürzt.«

»Du machst Witze, ja? Wir haben die Flughäfen abtelefoniert. Weißt du was? Horst Ostrowski ist wohlbehalten gelandet. Aber — jetzt kommt's! — bereits vor einer ganzen Woche. Da war Nina noch munter wie ein Fisch im Wasser.«

»Hochinteressant. Vielleicht hat er die Gabe der Vorausschau?«

»Aurora!«

»Ist ja gut. Jedenfalls danke ich dir sehr für deine Information.«

»Wir danken dir«, ließ sich Peterchen immerhin vernehmen. »Du hast uns auf eine Spur gebracht, die wir bisher gar nicht ins Auge gefaßt hatten. Dabei habe ich gleich noch etwas herausgekriegt. Die Firma Ostrowskis ist in Deutschland eingetragen. Es soll sich um ein Konsortium handeln. Nach den Aussagen der Informanten von jenseits des großen Teichs —«

»— sowas habt Ihr?« konnte ich mir nicht verkneifen, einzuwerfen.

Er fuhr ungerührt fort: »— ist Señor Ostrowski der alleinige Chef. Jemand anderen hat man jedenfalls noch nie zu Gesicht bekommen.«

»Vielleicht ist er einfach 'unser Mann in Buenos Aires'?« schlug ich vor.

»Vielleicht.«

»Weißt du zufällig, ob Señor Ostrowski — womit handelt er eigentlich?«

»Das war schwer herauszubekommen. Vieh, Immobilien — sowas in der Richtung.«

»Naja, dann brauche ich nicht weiter zu fragen. Ich dachte nämlich, er wäre auf die Machenschaften so einer Schwindelfirma hereingefallen, die den Leuten Land, Häuser und neue Existenzen aufschwatzt.«

»Wie heißt die Firma?«

Ich nannte die Abkürzung.

Einen Moment herrschte Schweigen am anderen Ende der Leitung. Dann sagte Hansmeier: »Genau unter diesem Zeichen firmiert Ostrowski in Argentinien.«

Ich brach in lautes Lachen aus und hielt mir schnell den Mund zu. Cäcilies feine Ohren!

»Wie bist du darauf gekommen?« fragte mich Hansmeier.

»Ich hab mich an eine alte Zeitungsannonce erinnert«, erwiderte ich wahrheitsgemäß.

Er knurrte. Irgendwie schien ihn die Antwort nicht zu befriedigen. Ich mußte ihn schnell auf andere Gedanken bringen. »Peter, kannst du etwas für mich tun? Kannst du herausbekommen, ob Ostrowski oder die Firma irgendwie Dreck am Stecken haben? Mal abgesehen von diesem Existenzgründungstrick, wofür man die Leute ja meistens, wie ich gehört habe, gar nicht belangen kann —?«

»In welche Richtung hast du da so gedacht?«

»In welche Richtung? Hör mal, woher soll ich das wissen? Bist du der Kriminalist oder bin ich es?«

»Das frage ich mich auch langsam. Gut, ich strecke meine Fühler aus. Ach, noch was, Aurora. Ich fände es gut, wenn du dich zu bestimmten Zeiten einfach telefonisch bei mir melden würdest. Zur Sicherheit.«

»Was für Sicherheit? Die Sicherheit, daß ich nicht weggerannt bin?«

»Nein, Madame. Deine eigene.«

Er klang beleidigt.

Wir vereinbarten noch die Zeiten, und er erklärte mir, falls ich einen der Anruftermine verpassen würde und auf einen Rückruf nicht reagierte, würde er innerhalb von zwanzig Minuten auf der Bildfläche erscheinen.

»Ist das eine Drohung oder ein Versprechen?« stichelte ich. Aber offenbar hatte er von meinen Impertinenzen genug. Er legte auf. Endlich.

Ich hatte ja zu tun.

22

Als ich zur Küche wollte, um mir endlich zu meinem Whisky zu verhelfen, hörte ich Cäcilies harte, laute Stimme.

Sie war aufgewacht und forderte ihre Betreuer gerade energisch auf, nun, nachdem man sie für die Nacht präpariert hatte, das Haus zu verlassen. Sie könne ganz gut für sich selbst sorgen, und ich, also Frau Lenssen, sei ja auch noch da.

Daß irgendwer Cäcilies Anweisungen nicht Folge leistete, war unwahrscheinlich. Die beiden Betreuer machten sich, wenn auch unter Protest, bereit, das Haus zu verlassen. Pünktlich um sechs Uhr morgens wollten sie wiederkommen. Wie überaus günstig.

Durch das Gezeter im Salon kam ich zunächst einmal unbemerkt an Cäcilie vorbei.

Ich trank mein Gläschen, ließ noch ein zweites nachfolgen und fühlte mich ganz gut.

Und dann ereilte mich mein Schicksal. Als Allergiker ist man eben in Gottes Hand. Der Staub in Ninas Zimmer tat, mit der üblichen Verzögerung, seine Wirkung. Meine Niessalven ließen das Haus erbeben.

Und schon schrillte Cäcilies Klingel, begleitet von ihrer kräftigen Stimme: »Aurora!«

Ich hatte ja mit ihr reden wollen. Aber eigentlich wollte ich mir erst eine Strategie überlegen. Nun hatte ich schon wieder eine Fahne, nach Mutterchens Meinung ein untrügliches Zeichen dafür, daß ich hemmungslos und unzuverlässig sei; und wie ich anfangen wollte, wußte ich nach den Neuigkeiten, die mir Hansmeier mitgeteilt hatte, auch nicht so ganz.

Aber sie enthob mich dieser Sorge. Cäcilie Truckenbrodt ging, wie üblich, sofort in die Offensive.

»Gehen Sie bitte nach oben und holen Sie mir etwas aus dem Zimmer meiner seligen Tochter«, sagte sie unumwunden. Die Formulierung 'selige Tochter' rief bei mir eine Gänsehaut hervor.

»Aber Frau Truckenbrodt«, sagte ich, »wie soll das denn gehen? Das Zimmer ist doch versiegelt.«

Sie sah mich verächtlich an. »Heuchlerin! Wer die polizeilichen Wanzen entfernt, wird kaum Achtung vor einem Amtssiegel haben. Außerdem bin ich ja davon aufgewacht, wie Sie vor fünf Minuten schon da oben herumgetrampelt sind wie ein Elefant im Porzellanladen.«

Dies überraschte mich. Denn erstens hatte ich mir alle Mühe gegeben, trotz meines nicht gerade elfenhaften Gewichts leise aufzutreten, und zweitens hatte ich vor fünf Minuten mit Hansmeier telefoniert. Aber vielleicht hatte sie sich in der Zeit geirrt oder benutzte 'fünf Minuten' nur als Metapher für 'vor kurzer Zeit'.

Ich kapitulierte.

»Was soll ich Ihnen denn bringen, Frau Truckenbrodt?« konnte ich gerade noch fragen. Dann explodierte meine Nase erneut.

Sie beobachtete mich kalt interessiert. »Das kommt von dem Staub da oben, ja?«

Ich konnte nur nicken, am Rand eines Kreislaufkollapses und mit tränenden Augen. Vom Medizintischchen fischte ich mir erstmal ein Stück Zellstoff und senkte mein Gesicht hinein.

»Bringen Sie mir«, hörte ich die alte Frau sagen, »einfach das, was nicht staubig ist, aus Ninas Zimmer.«

Ich tappte zur Tür, mehr als froh darüber, ihr in diesem Zustand der Hilflosigkeit nicht länger unter den Augen zu sein. Diese Dame kannte kein Mitleid. Hilflosigkeit nutzte sie einfach aus, wenngleich sie ja erwartete, daß ihre eigene Hilflosigkeit von allen respektiert wurde. Eine schreckliche Person.

»Warten Sie«, ließ sie sich vernehmen. »Sie müssen ja nicht *immer* mit Nachschlüsseln arbeiten.«

Unter ihrem Kopfkissen zog sie ein Schlüsselbund hervor, von dem sie mir mit ihren harten langen Nägeln einen Schlüssel abzog. Irgendwie erschauderte ich bei diesem Anblick, ohne zu wissen, warum. Den Schlüssel in der Hand, endlich am Ende meines Niesanfalls, ging ich nach oben.

Das Siegel war erbrochen.

Merkwürdig. Hatte ich so dilettantisch gearbeitet?

Es erwies sich, daß ich auch den Schlüssel nicht brauchte. Die Tür war offen.

Drin fand ich alles so vor, wie ich es verlassen hatte, mit einer Ausnahme: Der Schulatlas, das Zeitungsinserat und die Ausgabe von *Geo* waren verschwunden.

23

»Frau Truckenbrodt«, sagte ich, und der Schweiß brach mir aus, als ich vor ihr stand, »können Sie mir nicht genauere Hinweise geben auf das, was Sie wünschen? Außer Ninas Unterwäsche gibt es da nämlich nichts, was nicht dick unter Staub liegt.«

Sie starrte mich an, die intensiven Augen im verwitterten Felsgesicht, hochgezogen an ihrem Zügel, aufgebäumt wie eine alte Schlange.

»Sie lügen!« sagte sie leise. »Hüten Sie sich, mich zu belügen!«

Ich nahm mich zusammen. Das war eine alte Frau, an ihr Lager gefesselt. Sie konnte mich ein bißchen terrorisieren, wenn sie wollte, aber sie konnte mir in Wahrheit nichts tun. Warum grauste es mich so?

»Wenn Sie mir einfach einen Tip geben könnten, in welcher Richtung ich suchen soll«, sagte ich so locker wie möglich. »Also Unterwäsche ist es ja offenbar nicht. Und leere Schnapsflaschen auch nicht.«

Sie biß auf den Köder an.

»Schnaps?« schnappte sie, »was für Schnaps?«

»Naja, nicht eigentlich Schnaps«, lenkte ich ein. »Fernet Branca, wenn Sie wissen, was das ist.«

Sie wußte es offenbar sehr gut, und auch, wer das mit ihrer Tochter zu trinken pflegte. Ihre Augen ließen mich nicht los.

»Bringen Sie mir den Mann!« sagte sie.

»Was für einen Mann?«

»Der Mann, der —« sie brach ab. »Den Mann, den Sie gesehen haben. Ich muß mit ihm sprechen.«

Ich hatte keine Lust mehr auf Versteckspiel.

»Ich wüßte nur zu gern, wo er ist.«

»Aber er war schon bei Ihnen?«

»Ja, er war bei mir. Wir kamen nur nicht dazu, wirklich zu reden.«

»Wieso?«

»Weil Sie sich veranlaßt fühlten, so mörderischen Krach zu schlagen.«

Sie sah mich wieder an, abschätzend, stumm.

»Frau Truckenbrodt«, fing ich an. »Was war es, das ich Ihnen aus dem Zimmer Ihrer Tochter bringen sollte?« (Ich verkniff mir die Bemerkung: »Und was nun schon herausgeholt wurde?«)

Schweigen.

»Auf welcher Seite stehen Sie eigentlich?« fragte ich hart.

»Geben Sie mir die Tabletten dort drüben«, sagte sie statt einer Antwort, »und holen Sie das Wasser aus dem Bad, frisch aus der Leitung.«

Ich warf einen fragenden Blick auf den gefüllten Wasserkrug an ihrem Bett. Offenbar traute sie keinem mehr. Wieso traute sie also mir?

Ich holte das Wasser und gab ihr die Tabletten.

Sie hatte sich auf ihr Kissen zurückfallen lassen.

»Greifen Sie unter mein Kopfkissen und holen Sie das Schlüsselbund vor«, befahl sie. »Gut. Nun machen Sie den Schlüssel fest, den ich Ihnen gegeben habe und lösen sie den mit dem gelben Ring ab.«

Ich brauchte dazu wesentlich länger als sie vorhin.

»Gut. Damit schließen Sie mein Zimmer hinter sich zu, wenn Sie gehen. Aber vorher machen Sie alle Fenster und Türen dicht, und schieben Sie die Riegel vor.«

Ich tat, was sie sagte. Wenn ihr etwas zustoßen würde, wäre ich die einzige, die Zugang zu ihr gehabt hätte. Sie war sehr klug.

»Bringen Sie mir den Mann. Schwören Sie, daß Sie es tun.«

»Ich schwöre nichts. Erst muß ich selber sehen.«

»Hüten Sie sich. Gottes Mühlen mahlen langsam, mahlen aber trefflich fein.«

Na, endlich wieder ein Spruch. Darauf hatte ich schon gewartet. Ich zuckte die Achseln und ging zur Tür.

Erst als ich die Klinke in der Hand hatte, kam die Antwort auf eine Frage, die ich vorhin gestellt hatte.

»Ich bin auf der Seite meiner seligen Tochter.«

Puh, was für eine makabre Chose.

24

Auf meinem Zimmer wählte ich die Nummer von Hansmeier. Er war immer noch im Präsidium. Fleißig, der Junge.

»Also, ich geh jetzt schlafen«, meldete ich.

»Aurora, das ist wundervoll!« flötete es durch die Leitung.

»Was ist wundervoll? Daß ich schlafen gehe?«

»Nein, daß du anrufst. Ich habe nämlich was für dich.«

»Was denn?«

»Ich habe mich ein bißchen mit dem Firmenregister beschäftigt. Eine ziemlich komplizierte Sache, aber irgendwie steigt man dann doch durch.«

»Hauptsache, du steigst durch«, sagte ich süffisant. Er blieb freundlich.

»Ostrowski war vor gar nicht so langer Zeit mit dem Gesetz in Konflikt geraten.«

»Schön, wie du das sagst. Saß er im Knast, oder was?«

»Nein. Er hat sich irgendwie herausgewunden, wie, weiß ich noch nicht. Kautionen kann eine Firma wie die seinige aus der Westentasche hervorzaubern —«

»— aus der Firmenwestentasche?«

»Du kannst es nicht lassen, wie?«

»Schon gut, erzähl mal. Was war es?«

»Er hat Rindfleisch aus Argentinien nach Europa verkauft.«

»Und damit macht man sich strafbar?«

»Himmelherrgott, hör doch mal zu! Irgendwer hat dann herausgefunden, daß mit diesen Fleischlieferungen was nicht stimmte. Sie waren unglaublich preiswert und —«

»Spann mich nicht auf die Folter!«

»Kurz und schlecht, die Viecher waren schon gestorben, bevor sie verarbeitet wurden.«

»Igitt, wie eklig! Und woran? An Maul- und Klauenseuche?«

»Nein.« Einen Moment war Schweigen. Dann sagte er: »Aurora, nimm dir irgendein Tuch oder so. Frau Truckenbrodt muß nicht hören, wie du kreischst.«

»Warum sollte ich kreischen?«

»Wegen der Todesursache.«

Ich nahm tatsächlich den Zipfel meines Longshirts vors Gesicht.

»Ich bin bereit«, sagte ich.

»Die Rinder waren ertrunken.«

Das mit dem Longshirt war nötig gewesen.

»Peter, willst du mich auf den Arm nehmen? Ertrunken? Drei ertrunkene Rinder, oder zehn, oder was?«

»Riesige Mengen. Ganze Herden. Ertrunken.«

»Es kann nicht wahr sein. Wobei? Als sie aus dem Amazonas saufen wollten?«

»Der Amazonas fließt gar nicht durch Argentinien.«

»Mir egal. Vielleicht wollte Herr Ostrowski sie durch den Atlantik schwimmen lassen, um die Transportkosten zu sparen?«

»Laß deiner Phantasie nur immer die Zügel schießen«, sagte er, und es klang ein bißchen pikiert.

»Peter, im Ernst, was soll uns das? Ersoffenes Rindvieh, was für eine Perversion! Denkst du im Ernst, damit ließe sich irgendwas anfangen?«

»Bei uns bestimmt nicht, aber vielleicht bei dir«, bemerkte er, und ich fragte mich, ob eine solche Anmerkung nun als Sottise oder als Kompliment zu sehen war.

»Und du«, machte er weiter, »hast du was Neues für mich?«

»Leider kein Stück«, schwindelte ich. Sollte ich ihm erzählen, daß ich das Amtssiegel erbrochen und bei Nina herumgeschnüffelt hatte?

»Was macht die Truckenbrodt?«

»Schläft tief und fest«, setzte ich noch eins drauf. »Und ich geh jetzt auch ins Bett.«

»Schließ gut zu, hörst du?«

»Warum?«

Vom anderen Ende der Leitung kam ein tiefer Seufzer bei mir an.

»Sag mal — hast du überhaupt keine Angst?«

»Wovor sollte ich denn Angst haben?« erwiderte ich, und das war die dritte Lüge.

»Irgendwann muß es weitergehn«, sagte Peter Hansmeier. »Aber erstmal schlaf schön.«

Genau das wollte ich nicht tun.

25

Erstmal ging ich unter die Dusche.

Wem auch immer ich in dieser Nacht noch begegnen sollte — als verschwitzte, verfettete, versoffene Schlampe war ich nun oft genug aufgetreten. Jetzt kam was anderes.

Nach dem Duschen zog ich ein leichtes Baumwollkleid an, eins von den Schlabberdingern, die meine allzu üppigen Formen gnädig verbergen, und begann in aller Sorgfalt eine mittlere Kriegsbemalung aufzulegen. Beim Lidstrich zitterten meine Hände, und ich mußte erst wieder ein paar von den hübschen Atemübungen aus der Hochschule machen, um mich ruhig zu kriegen und die Tusche an die richtige Stelle. Dann tupfte ich mir ein bißchen Eau de Toilette hinters Ohr, hängte mir eine exotische Kette um und schob die Zehen in ein paar weiche Slipper aus Saffianleder. Irgendwie fühlte ich mich auf diese Weise fähig, das Jahrhundert in die Schranken zu fordern.

Aber was ist das Jahrhundert an sich schon gegen einen Mann, der möglicherweise zwei Morde auf dem Gewissen hat — abgesehen davon, daß ich es immer noch nicht glauben konnte.

Auf einmal wurde mir etwas bewußt.

Ich zog nicht aus, den Mörder Ninas oder gar Elfriedes zu finden. Ich zog aus, um zu beweisen, daß es Hannibal Portnoi *nicht* war.

Bloß, wenn ich beweisen wollte, daß er es nicht war, mußte es ein anderer gewesen sein. Wer, bitte?

Ein Whisky hätte mir jetzt gutgetan. Aber in entscheidenden Phasen der Dreharbeiten ließ ich mir auch von meinem Assistenten die Flasche wegschließen und erteilte die eiserne Anweisung, sie mir erst nach Beendigung der Tätigkeit wieder auszuhändigen. Nun mußte ich mir also selbst die eiserne Anweisung erteilen.

Als ich mich in den Keller hinunterschlich, hörte ich, wie meine Zähne klapperten. Eine ganz neue Lebenserfahrung. Bisher hatte ich immer gedacht, daß 'Heulen und Zähneklappern' nur bildlich zu verstehen seien.

Um die Stimmung zu vervollkommnen, schlug die Kirchturmuhr des Viertels (ich konnte mich überhaupt nicht erinnern, sie jemals zuvor gehört zu haben) auch noch so lange, daß es entweder elf oder zwölf sein mußte.

Aus dem Türspalt des Heizungskellers drang Licht. Ich blieb wie angewurzelt stehen. Jetzt bedauerte ich es, nicht irgend etwas mitgenommen zu haben, was man als Waffe gebrauchen konnte, egal, ob Küchenmesser oder Nudelholz.

Mut, Aurora! redete ich mir selber gut zu. Panzerkreuzer klar zum Gefecht. Du wolltest mit ihm reden, nicht wahr?

Ich ging bis ganz dicht an die Tür und fragte halblaut: »Bist du da drin, Annibale?«

»Aber gewiß doch«, kam es zurück. Die Stimme klang nahezu fröhlich. »Schließlich warte ich auf dich.«

Ich öffnete die Tür mit einem Ruck.

Hannibal Portnoi saß bequem auf dem Sofa, in Hemdsärmeln. Er hatte eins der Bücher in der Hand. Seine beschuhten Füße, schwarzweiß und riesengroß, lagen auf dem Tisch. Sein Jackett hing über dem Sessel, darauf lag die Waffe im Halfter.

Neben seinen Quadratlatschen standen ein Transistorradio, eine Whiskyflasche und zwei Gläser.

Portnoi trank immer das, was seine Damen tranken.

Die Tür zur Waschküche hatte er offen gelassen.

»Komm, nimm Platz.«

Er deutete auf den freien Sessel, aber ich zog es vor, mich auf den zu setzen, auf dem seine abgelegten Sachen lagen. So konnte er nicht an seine Pistole. (Nicht einmal im Traum wäre mir eingefallen, daß ich das Ding selbst hätte benutzen können. Ein Messer, ein Nudelholz, das waren doch andere Dimensionen. Aber schießen? Nie.)

Außerdem rückte ich den Stuhl mit den Füßen ein Stück weiter von ihm weg.

Er lachte. »Was sollen die Vorkehrungen? Sonst war dir meine Nähe doch immer recht angenehm.«

Ich blieb stumm.

»Musik gefällig?« Er drehte am Radio. Irgend etwas Nostalgisches aus unserer Jugend ertönte, es klang wie Cat Stevens.

»Einen Whisky?«

Er wartete meine Antwort nicht ab, sondern goß ein und schob mir das Glas über den Tisch wie die Barkeeper in Westernfilmen über den Tresen. Als ich zugriff, merkte ich, daß meine Hände zitterten. Mist! Ich kippte den Drink und setzte das leere Glas hart ab.

»Hast du Angst vor mir?«

Endlich fand ich die Sprache wieder.

»Wenn ich mir vorstelle, daß ich vielleicht mit einem Doppelmörder zusammensitze, dann muß ich wohl ja sagen.«

»Aber Aurora, das glaubst du doch im Leben nicht«, entgegnete er belustigt und goß nach.

»Ich würde es sehr gern nicht glauben. Aber es spricht alles gegen dich.«

»Aurora, ich weiß nicht, was du dir zusammengeträumt hast, aber ich hab nicht auf Nina geschossen. Warum sollte ich?«

»Das eben möchte ich herausfinden. Du weißt ganz genau, daß ich dich decke. Hätte ich exakt beschrieben, was ich gesehen habe, wäre jetzt eine Großfahndung nach dir eingeleitet und du säßest nicht so gemütlich hier wie in einem der Saloons, in denen du dich immer so gern bewegen möchtest.«

»Nicht so aufgeregt«, sagte er beschwichtigend und rutschte ein Stückchen näher, was mich veranlaßte, meinen Sessel wieder durch Abstoßen mit den Füßen aus seiner Reichweite zu bringen.

»Gleich kommst du nicht mehr an dein Glas«, bemerkte er ironisch. »Liebe Aurora, ich weiß ja deine Zurückhaltung gegenüber der Polizei zu schätzen, aber wenn es hart auf hart käme, hätte ich ein wasserdichtes Alibi. Kein sehr rühmliches, keins, das man auspackt, wenn nicht unbedingt Not am Mann ist, aber dir kann ich es ja sagen: Ich war im Puff. Zusammen mit einem anderen Typ. Wir waren beide zur gleichen Zeit bei der gleichen Frau. Entschuldige bitte.«

»Herrlich«, sagte ich. »Wie im Gangsterfilm. Und woher wußtest du, daß Nina im Dunkeln erschossen wurde, nachdem du erst so tatest, als wäre dir die Tatsache an sich total neu?«

Er lächelte.

»Auch dafür gibt es eine ganz einfache Erklärung. Ich war nämlich bis kurz vor der Versammlung in einem Hotel mit Nina zusammen. Es konnte also nur dunkel sein, als es passierte.«

»Die alte Truckenbrodt hat dich übrigens auch erkannt«, sagte ich.

»Ach, die auch?« Es schien ihn wenig zu interessieren.

»Und was ist mit Schwester Elfriede?«

»Was soll mit ihr sein?«

»Daß sie tot ist, wirst du ja wohl inzwischen wissen?«

»Gewiß weiß ich das.«

»Und weißt du auch, woran dieser Tod sie gehindert hat? Sie wollte gerade bei der Polizei aussagen, daß sie dich zweimal hier im Haus gesehen hat, einmal an der Kellertür und einmal bei der alten Cäcilie!«

»Aufregend. Und das habe ich, sozusagen mit einer Tarnkappe versehn, erlauscht, um sie dann postwendend mittels einer Injektionsnadel ins Jenseits zu befördern, und den Pfleger habe ich womöglich gleich mit verschwinden lassen, damit der Verdacht auf mich fällt. Du hast wirklich einen kriminalistischen Verstand.«

Ich mußte mir eingestehen, daß er recht hatte. Dieser zweite Mord konnte kaum auf das Konto des Mannes in Hut und Anzug gehen.

»Aber vielleicht hattest du einen Komplizen? Eben jenen verschwundenen Pfleger?«

Er goß mir zum dritten Mal nach. In meiner Aufregung hatte ich gar nicht gemerkt, daß ich schon wieder ausgetrunken hatte. Er selbst war immer noch beim ersten Glas.

»Vielleicht«, sagte er, »vielleicht auch nicht.«

Ich trank.

»Und warst du bei der Alten?«

»Aurora, meine schöne dicke Taube. Du wirst ja inzwischen begriffen haben, daß ich in diesem Haus hin und wieder zu tun hatte. Kann sein, daß ich da auch mal bei Cäcilie war.«

»Um ihr Blausäure ins Glas zu tun?«

Er lächelte nachsichtig. »Von deiner Blausäure habe ich nun wirklich keine Ahnung.«

»Warum hast du mir diese Briefe geschrieben? Warum die Knarre daraufgelegt?«

»Die Knarre, das erstens, ist nicht meine Knarre. Auf der sitzt du gerade drauf, was ja nicht weiter schlimm ist, denn du bist ja gut gepolstert. Und die Briefe habe ich geschrieben und hingelegt, weil ich mich wirklich gefreut habe, dich wiederzusehen. Nina hatte mir das nämlich bisher verschwiegen, sicher aus gutem Grund. Kannst du nicht mal von deinem finsteren Verdacht lassen und mir vertrauen?«

Ich schüttelte traurig den Kopf.

»Nichts, was ich lieber täte. Aber ein bißchen mehr mußt du mir schon erzählen. Was hast du hier zu suchen? Wie bist du wieder mit Nina zusammengekommen?«

»Geschäftlich«, sagte er und grinste sein Jungengrinsen.

»Klar«, entgegnete ich, »deswegen das zerwühlte Bett und die leere Fernet Branca-Flasche in ihrem Zimmer.«

Er machte große Augen.

»Du warst schon immer hübsch gründlich«, bemerkte er anerkennend. »Weißt du, eine Person wie Nina, die läßt nichts anbrennen — ließ nichts anbrennen«, verbesserte er sich. »Und ich kannte ja ihre Qualitäten. Sie war wirklich unermüdlich.«

»Über Tote nur Gutes«, sagte ich grimmig.

Er sah mich ehrlich erstaunt an. »Aber das ist doch etwas Gutes!«

Ich mußte mir ein Lachen verkneifen.

»Und die — Geschäfte? Das 'Zeugs' hier im Keller? Man riecht es ja immer noch!«

»Ich hab's ja auch erst nach Ninas Tod abgeholt«, erklärte er unschuldig, »der Platz wurde mir zu heiß.«

»Annibale Portnoi als Dealer — wer hätte das damals auf der Schule gedacht, wo du wie der Märchenprinz herumliefst. Und nun bist du ein Krimineller.«

Offenbar hatte ich ihn getroffen.

»Krimineller — also da kenne ich ganz andre!« sagte er wild. »Andre würde ich so bezeichnen. Ich mach das doch bloß so nebenbei zum Spaß. Und keine harten Sachen! Niemals! Das, finde ich, paßt nicht zu meinem Stil. Ich tu halt ein paar Leuten etwas Gutes, sieh es einmal so.«

»Und nebenbei springt noch ein flotter Lebensstil raus, was?«

»Ich bin auf sowas nicht angewiesen. Meine Familie würde mich nicht umkommen lassen«, sagte er abschätzig. »Aber es sprang mehr dabei heraus, als ich dachte.«

»Und Nina?«

»Auf Nina stieß ich erst wieder über Horst«,

»Horst?« fragte ich begriffsstutzig, »was für ein Horst?«

»Na, Horst Ostrowski.«

Schon wieder der Herr aus Argentinien! Ich unterdrückte im letzten Moment meine Regung, vom Sessel aufzufahren.

»Horst besorgte mir das Zeugs, genau in den Mengen, die ich brauchte. Er war nie aufdringlich, versuchte nie, mich mit den harten Sachen vertraut zu machen, erkannte meinen Status an, sozusagen als Gentleman-Dealer.«

Er lachte, ich konnte nicht recht einstimmen.

»Betreibt er das hauptsächlich?«

»Bewahre. Eins unter vielen Geschäften, so eher am Rande. Darum ist es ihm auch nicht so wichtig.«

»Und? Weiter?«

»Damals war Nina noch mit ihm zusammen, und wir sahen uns wieder. Flüchtig. Mal da, mal dort. Irgendwann wurden aber Horst ihre Eskapaden zuviel — ich war ja nicht der einzige. Er schickte sie nach Haus. Nina ging hierher zu ihrer Mutter, und als ich erfuhr, daß es diese Stadt ist, war ich gleich bereit, mich ein bißchen umzusehen. Ich mochte das hier, das Bergland und alles.«

»Du kanntest es schon?«

Er sah zu Boden.

»Damals, als ich nach Deutschland zurückkam, bin ich überall hingefahren, wo — wo Verwandte von mir gewohnt hatten. Hier oben soll es auch Portnois gegeben haben. Sie waren in einem Versteck, aber irgendwer hat sie verpfiffen, und sie gingen mit auf Transport.«

Hannibal kippte heftig sein Glas. Er hatte die Augen noch immer gesenkt.

»Ich habe ihre Spur nicht gefunden. Keiner konnte sich an sie erinnern. Die Gegend mochte ich aber seit damals.«

Ich fand keine Worte. Der naßforsche Hannibal Portnoi, Hans Dampf in allen Gassen und allen Betten, 'Gentleman-Dealer' und Bruder Leichtfuß, auf einer Reise zurück zu den Wurzeln! Es war kaum zu fassen.

26

»Hast du mit Nina zusammengelebt?« fragte ich, um diese Stimmung zu vertreiben und wieder auf den Punkt zu kommen.

Er schüttelte den Kopf. »Dazu sind wir beide nicht der Typ, Aurora. Und so wild war die Zuneigung nun auch nicht. Aber als Nina mitbekam, welche Geschäfte bei mir liefen, stieg sie sofort mit Feuereifer ein. Ihre Mutter war schon bettlägerig, und sie konnte also hier im Haus schalten und walten. Sie stellte mir den Keller zur Verfügung und dann fing sie an, auf ihre geschickte Art in all den Vereinen und Gruppen für unser Produkt zu werben.«

»Was denn, die Vertreter der aussterbenden Heideflora bezogen Gras von ihr?«

»So direkt ging sie nicht vor. Meist verkaufte sie den Leuten Samen für den Balkon oder fürs Gewächshaus und kaufte den Stoff von ihnen zur Erntezeit zurück, ohne daß die eigentlich so recht wußten, was sie gezüchtet hatten. Voriges Jahr war das ein Renner. Ich wurde fast unabhängig von Horst, und das war ihr nur recht, denn sie fand ihn filzig und gemein. Wollte ihm eins auswischen. Dies Jahr ist ein Verlustgeschäft. Ich kenne ja die gar nicht, die für sie anbauen — Listen führte Nina nie. Alles im Kopf. Ein Jammer.«

Auch eine Art von Totenklage, dachte ich.

»Hast du eine Ahnung, wie sie darauf kam, mich einzuladen?«

Hannibal grinste.

»Ich habe sie darauf gebracht. Sie versuchte verzweifelt, ihrer Mutter so wenig wie möglich unter die Augen zu kommen, nachdem die andre Sache losging. Aber eine zweite Pflegerin einzustellen, dazu war sie zu geizig. Und da fiel mir ein, wie schön das damals mit euch beiden gewesen war —«

»— für dich vielleicht!«

»Reicht das nicht?« sagte er frech. »Das Ärgerliche war nur, daß sie es mir erst vorgestern mitgeteilt hat, so beiläufig, daß du schon eine ganze Weile hier bist. Sie war immer ein Luder. Komm, rück ein bißchen her zu mir!«

Der jungenhafte Tonfall war wieder da. Ich seufzte. Wie kam man gegen einen Kerl an?

»Hältst du mich immer noch für einen Doppelmörder?«

»Wofür ich dich halte, darauf kommt's wohl kaum an«, entgegnete ich. »Erzähl mir lieber, was du damit meinst: als die andre Sache losging. Eure Geschäfte mit 'Zeugs' liefen doch schon länger.«

»Da gibt's nichts zu erzählen.«

»Versuch's trotzdem.«

»Wenn du dich zu mir setzt.«

»Erpresser.« Ich stand auf und ging zum Sofa. Er hatte sogar die Beine vom Tisch genommen. Während er unsre Gläser wieder vollschenkte, sagte er beiläufig: »Da du gerade aufgestanden bist, bring mir doch bitte meine Knarre mit. Ich hab sie immer gern in Reichweite.«

»Entweder ich oder das Ding«, entgegnete ich eisern.

»Was für eine Alternative!« Er lachte. Als ich neben ihm saß, lag sofort sein Arm um meine Hüfte.

»Immer noch so schön mollig!«

»Hannibal. Damals war ich mollig. Jetzt bin ich fett, und das weißt du auch. Also hör auf, Süßholz zu raspeln und erzähl.«

Er hob sein Glas.

»Auf die alten Zeiten!«

»Auf die alten Zeiten!« tat ich ihm Bescheid. Ich muß gestehen, daß ich allerdings nichts unternahm, seinen Arm von meinem Körper wegzubekommen.

27

»Nina suchte die ganze Zeit nach einer Gelegenheit, ihrem Ex-Mann eins auszuwischen. Und da stieß ich zufällig auf diese Sache.«

»Was für eine Sache?«

»Aurora, ich glaube, es ist besser, wenn du es nicht weißt. Solche heißen Geschichten muß man nicht aller Welt mitteilen.«

»War das vor oder nach der Affäre mit dem ersoffenen Rindvieh?« fragte ich auf Geratewohl.

Sein Kopf fuhr herum. Das war wieder der andere Hannibal, wachsam, schnell.

»Woher kennst du die Geschichte?«

»Ich habe einen Freund bei der Polizei.«

Er ließ mich los.

»Mit Leuten, die einen Freund bei der Polizei haben, will ich eigentlich nichts zu tun haben.«

In seinen Augen glomm ein böses Feuer.

»Annibale! Führ dich nicht kindisch auf. Wenn ich dich

hätte auffliegen lassen wollen, hätt ich das zehnmal tun können. Du stießest also auf 'diese Sache'.«

Immerzu so merkwürdig vage Aussagen machte der liebe Hannibal. 'Zeugs' und 'diese Sache'. Es zu verifizieren, überließ er seinen Partnern.

»Ja. Als ich Nina davon erzählte, und wir alles gemeinsam nochmal durchcheckten, war sie Feuer und Flamme. Jetzt habe sie ihn am Haken, schrie sie immerzu. Jetzt könne sie ihn an dem Punkt packen, wo er sterblich war: an seiner Brieftasche. Nina hatte ja auch nichts gegen viel Kies. Ganz im Gegenteil. Na, wer hat da schon was gegen.«

»Keiner. Kommt drauf an, wo er herstammt, der Kies.«

Er überhörte meinen Einwurf.

»Sie startete also ihren Coup.«

»Du meinst, ihr habt Ostrowski erpreßt?«

»Wir nicht, Aurora. Sie. Sie ganz allein. Mir war die Geschichte viel zu heiß, und ich fand, Nina ging da zuviel Risiko ein. Darum bin ich ja auch zu der Alten gegangen.«

»Du warst bei Cäcilie Truckenbrodt?«

»Ja. Ich hab ihr alles erzählt — das heißt, soviel, wie sie wissen muß. Ich dachte, sie könnte vielleicht Einfluß nehmen auf ihre Tochter.«

»Wie hat sie dich aufgenommen?«

»Puh, es war schauerlich.« Er schüttelte sich förmlich bei dem Gedanken. »Sie hörte sich alles an, als wenn sie aus Stein wäre. Und dann schmiß sie mich raus, auf eine Weise —«

»Was meinst du?«

Er sah wieder zu Boden, wie vorhin, als er die alten Familiengeschichten rausgekramt hatte.

»Ist doch egal. Es war bloß so, daß ich das Gefühl hatte, noch nie in meinem Leben so gehaßt zu werden.«

»Warum sollte sie dich hassen?«

Er zuckte die Achseln. »Was weiß ich? Vielleicht, weil ich mit ihrer Tochter schlief. Oder wer weiß warum. Jedenfalls, die Sache half natürlich gar nichts. Sie redete zwar mit Nina, aber der Effekt war nur, daß die mir eine fürchterliche Szene machte. Nun würde sie mich rausschmeißen aus dem Geschäft und allein abkassieren.«

»Ich dachte, du warst eh nicht dabei?«

»Ja. Aber sie hatte mir einen Anteil zugesagt.«

Hannibal wand sich immer heraus.

»Und wann war das?«

»Am Tag, an dem sie ermordet wurde.«

»Da hattest du ja ein wunderbares Tatmotiv.«

»Du bist blöd, Aurora!«

Jetzt war er ehrlich gekränkt.

Ich stand auf und ging nachdenklich im Raum hin und her.

»Du sagst, du hättest Cäcilie soviel wie nötig erzählt, nicht mehr.«

»Richtig.«

»Sie wußte also nicht, was 'diese Sache' eigentlich war?«

»Bestimmt nicht.«

»Hm. Weißt du, daß sie unbedingt mit dir reden will?«

Er sah mich total entgeistert an. »Wieso das?«

»Hannibal! Ist dir nicht klar, daß sie dich an jenem Abend ebenfalls gesehen hat?«

28

»Ihr seid verrückt, ihr Weiber! Alle total verrückt! Ich kann's nicht gewesen sein, verdammt nochmal, ich war woanders!«

»Schrei nicht so! Cäcilie hat gute Ohren.«

Wir schwiegen beide. In der Stille war nur das Transistorradio zu hören, das weiter vor sich hin dudelte, Spätnachrichten und Schlagermusik. Sicher hatte sich Hannibal Portnoi das Tête-à-tête mit mir anders vorgestellt, nach seinen Vorbereitungen zu urteilen.

»Weißt du eigentlich, daß Ostrowski in Deutschland ist?«

»Ja, Nina hat mir gesagt, er sei in Argentinien nicht mehr erreichbar. Sie nahm an, er sei vor ihren Drohungen geflüchtet, untergetaucht. Aber sie meinte, sie kenne alle seine Schlupfwinkel und würde ihn schon aufspüren.«

»Und hat sie?«

»Dazu blieb keine Zeit mehr.«

Er reckte plötzlich den Kopf, lauschte, drückte die Stop-Taste des Radios.

»Was hast du?«

»Da war ein Geräusch draußen. Hast du es auch gehört?«

»Nein. Erwartest du wen?«

»Laß deine dummen Sprüche. Du hast doch einen Freund bei der Polizei, nicht wahr? Gib mir endlich meinen Revolver. Ich will nachsehen, was da draußen ist.«

Ich pflanzte mich vor ihm auf. »Du bist hysterisch, Annibale Portnoi. Hysterisch und kleinkariert. Zu dem großen Gangster, den du immer gern spielen möchtest, fehlen dir die Paar Nummern, die du in der Schuhgröße zuviel hast. Du hast dir ein nettes Rendezvous im Keller ausgemalt, mit deiner schönen dicken Taube, die du prompt wieder um den Finger wickeln kannst, wenn du es drauf anlegst, und die ganze Geschichte ist um so prickelnder, weil sie dich vielleicht für den Mörder ihrer Freundin hält. Weißt du, was ich glaube? Du hast Nina nicht umgebracht, weil du niemanden umbringen kannst. Du fuchtelst mit deiner Knarre herum, aber wenn es ernst wird, ziehst du den Schwanz ein. Du bist ein zweitklassiger kleiner Gauner, der nicht mal bereit ist, mit harten Drogen zu dealen, weil das zu heiß ist. Hannibal, der Dilettant. Nur rumspielen und nichts dahinter.«

Er lachte. Er strahlte. Er zeigte mir all seine schönen Zähne.

»Wenn du wüßtest, wie wundervoll du bist, wenn du schimpfst, Aurora.«

Er streckte die Hände aus, zog mich zu sich heran und küßte mich auf den Hals. Ich ließ es zu. Er zog mich auf seinen Schoß. Seine Hände waren überall. Er hätte wirklich dabei bleiben sollen, die Weiber zu beglücken, alles andere konnte er leider nicht so gut.

»Würdest du dich für mich ausziehen, Aurora? Ich möchte dich sehen.« Er sagte es ernst und innig.

»Du Idiot«, sagte ich wütend. »Natürlich werde ich mich ausziehen. Zu irgend etwas Sinnvollem muß ich ja schließlich in diesen bescheuerten Heizungskeller gekommen sein.«

»Dann werde ich wenigstens die Waschküchentür zumachen«, murmelte er, während er schon an seiner Hose fummelte.

Ich hatte gerade mein Kleid überm Kopf, als ich seinen leisen überraschten Aufschrei hörte. Dann ein Geräusch, wie wenn ein Korken aus einer Flasche gezogen wird, Schritte, einen dumpfen Fall. Wütend kämpfte ich mich durch das Halsloch und warf den Fetzen in die Ecke.

Hannibal lag am Boden, verrenkt, die Hände ausgebreitet wie in einer Geste der Überraschung. Er sah mit sanfter Würde zu mir auf.

»Sch'ma Jisroel«, murmelte er. Auf seine Lippen traten rosa Bläschen. Die schwarzen Augen unter den schönen starken Brauen schienen sich mir einem Schleier zu überziehen.

Dann erst sah ich das Blut.

29

Ich kam nicht zum Schreien. Mir saß ein Kloß im Hals und verschloß meine Kehle. Mein erster Gedanke war: Wenn du ihn an seine geliebte Knarre gelassen hättest, hätte er vielleicht eine Chance gehabt. Und wenn du selbst nicht gerade wie Laokoon mit der Schlange mit dem bescheuerten Kleid gekämpft und den Täter gesehen hättest, lägst du wahrscheinlich daneben.

Dann rannte ich los, um die Tür zur Waschküche zuzumachen, obwohl das ja nun gar nicht mehr vonnöten war.

Und dann schloß ich ihm die Augen, meinem ersten Liebhaber, diesem Narren und Windbeutel, der mit dem Sch'ma Jisroel auf den Lippen gestorben war und jetzt noch weniger als zuvor wie ein Mörder aussah.

Und nun? Eins nach dem anderen.

Ich muß Hansmeier anrufen. Nein, ich muß Hansmeier nicht anrufen. Ich hab noch einen Tag Zeit. Wenn ich Hansmeier anrufe, ist der Fall erledigt. Irgendwie bin ich dir was schuldig, Annibale. Darum verzeih deiner schönen dicken Taube, wenn sie dich hier auf dem Boden des Heizungskellers liegen läßt.

Aber der Mörder. Der Mörder wird auf das Eintreffen der Polizei warten, auf die Zeitungsberichte und und und ...

Ja. Aber er wird nicht an der Ecke lauern. Er wird irgendwann Nachrichten hören, Zeitungen lesen. Er wird vielleicht denken, daß ich eingeschüchtert bin. Oder ohnmächtig im Keller neben dem Opfer liege. Ich habe Zeit.

Viel Zeit natürlich nicht.

Draußen wurde es bereits dämmrig.

Ich nahm die halbleere Whiskyflasche und die beiden Gläser, wickelte sie in mein elendes Kleid. Das Radio ließ ich stehen, genauso, wie ich Hannibals Sachen und sein Revolverhalfter liegen ließ. Ich machte das Licht aus und schloß leise die Kellertür.

In der Küche spülte ich sorgfältig die Gläser. Die Whiskyflasche nahm ich mit auf mein Zimmer.

Dann ging ich ins Bad, hängte mich über die Kloschüssel und übergab mich, kotzte, bis nur noch gelbe Galle kam.

Ich putzte mir die Zähne, wusch mir das Gesicht und zog eins meiner Longshirts über meinen halbnackten Körper, den er unbedingt noch einmal hatte sehen wollen.

Ich überlegte, ob ich mir noch einen Kaffee machen sollte, aber wozu? Wacher, als ich war, konnte ich nicht werden. Um sechs würde ich den Kontrollanruf bei Hansmeier tätigen und bei Cäcilie aufschließen. Da kamen die Pfleger. Alles klar.

Ich legte mich auf mein Bett, ohne mich zuzudecken, die Hände überm Kopf verschränkt.

Ich hatte nachzudenken.

30

Punkt sechs rief ich bei Hansmeier zu Hause an.

»Nett, daß du mich weckst«, schnurrte er freundlich. »Gibt's was Neues?«

»Keine Spur«, sagte ich. »Ich habe geschlafen wie ein Murmeltier. Das einzige Neue ist, daß sich Cäcilie heute nacht von mir einschließen ließ. Vielleicht hat sie Angst vorm schwarzen Mann.«

»Interessant.«

»Hoffentlich ist sie nicht tot, wenn ich jetzt gehe und aufschließe.«

»Also du hast eine Art von Humor — ich kann da nicht mit.«

»Kein Wunder. Du bist ja Polizist.«

»Danke.«

»Ich würde heute vormittag gern ein bißchen ausgehen.«

»Ausgehen?«

»Ja, in eine Bibliothek.«

»Meinst du, du hast im Moment für so etwas Zeit?«

»Ich bin ganz sicher.«

»Gut, wir werden dich begleiten. Und vielleicht ißt du mit mir zu Mittag?«

»Ich bin eine leidenschaftliche Esserin, wie man sieht, Peter. Nur bringe ich heute, fürchte ich, nichts runter. Aber treffen können wir uns natürlich. Ach, noch eins: Wann war die Geschichte mit den Rindern?«

»Wie kommst du denn jetzt auf diese blöden Rinder?«

»Frag nicht, sag es mir einfach.«

Er sagte es mir.

»Gut. Einen Gefallen könntest du mir noch tun. Ruf doch nochmal in Buenos Aires im Büro Ostrowski an, ob sich der Chef inzwischen zurückgemeldet hat.«

»Ich weiß zwar nicht, was das soll, aber ich mach das. Bloß wie ich solche Telefonate vor meinem Vorgesetzten rechtfertigen kann ...«

»Du liebe Güte! Ich kann es dir ja zurückzahlen.«

Wir trennten uns im besten Einvernehmen. Ich fand, daß ich mich wacker gehalten hatte.

Cäcilie Truckenbrodt war keinesfalls tot. Sie lag offenen Auges da, die Hände über der Brust gefaltet, und beantwortete meinen Morgengruß so frostig wie eh und je.

»War die Nacht ruhig?« fragte ich scheinheilig.

»Gewiß doch«, entgegnete sie und starrte weiter zur Decke.

Ich zuckte die Achseln und verließ sie. Im Moment hatte ich mit ihr nichts vor.

Bis zur Öffnung der Bibliotheken war noch Zeit, aber hier im Haus mochte ich nicht bleiben. Der Boden brannte mir unter den Füßen. Endlich konnte ich mal machen, wozu ich eigentlich hergekommen war: einen Spaziergang.

Der Morgen war wie Samt. Man mußte nur zwei, drei Straßen weitergehen, die Brücke über einer malerischen

Schlucht mit einer Quelle überqueren, und schon war man im Wald. Gepflegte Promenierpfade, schräg einfallendes Sonnenlicht, Vogelgezwitscher. Die Idylle, wie sie im Buche steht. Ich wußte gar nicht mehr, daß es sowas hier in der Nähe gab. Schließlich hatte ich immer nur auf dem Balkon gehockt.

Ich ließ mich auf eine Bank fallen und streckte die Füße von mir. Einen Augenblick glaubte ich, ohnmächtig zu werden. Nimm dich zusammen, Aurora. Der Film ist noch nicht abgedreht, ein paar Takes warten noch auf dich.

Die Sonne blendete. Ich schloß die Augen. Hinter meiner Stirn liefen die Gedanken wie Wasserspinnen hin und her.

Etwas berührte mein Bein.

Vor mir stand schweifwedelnd ein rötlicher Mischlingshund, der mich ausgiebig beschnupperte und mit leisem Fiepen seine Begeisterung über diese Begegnung zum Ausdruck brachte. Ich fuhr ihm mit der Hand über den Kopf.

»Ja, meine Susi mag sie«, ertönte eine etwas zittrige Stimme. »Und wen meine Susi mag, der ist ein guter Mensch.«

Gegen die Sonne blinzelnd, erkannte ich ein fadendünnes Väterchen in Trainingshosen, ausgelatschten Turnschuhen und kariertem Hemd. Die Hundeleine hatte er sich wie ein Bandelier über die Schulter gehängt.

»Sie gestatten doch«, sagte er und nahm, ohne meine Antwort abzuwarten, neben mir auf der Bank Platz.

»Wir sind nämlich immer früh raus, meine Susi und ich, und hier machen wir jedesmal Rast.«

Ich erwiderte nichts und kraulte den Hund. Eigentlich hatte ich keine Lust auf Gesellschaft, noch dazu auf so geschwätzige.

»Haben Sie denn keine Angst, so alleine im Wald?« kam prompt die nächste Anmache.

»Warum sollte ich? Ich bin ja kräftig gebaut«, erwiderte ich.

»Ja, schön kräftig«, sagte er bewundernd und betrachtete mich unverhohlen von der Seite. »Ich mag vollschlanke Frauen. Meine verstorbene Frau war auch nicht gerade dürr, nee. Ich sage immer, lieber Kuh als Ziege.«

Der Rindvieh-Vergleich hätte nicht kommen dürfen. Er erinnerte mich sofort wieder an Argentinien.

Sein Redefluß war indessen nicht zu bremsen.

»Es ist ja nur, weil hier in den letzten zwei Tagen so schreckliche Sachen passiert sind. Zwei Morde an Frauen! Haben Sie nichts davon gehört?«

»Ich bin nicht von hier«, erwiderte ich diplomatisch. »Ich hab hier früher mal eine Freundin gehabt. Jetzt mache ich Urlaub.«

Er nickte.

»Klar, ist ja auch 'ne schöne Gegend, nicht?«

»Wunderschön. Und was ist mit diesen Morden? Sexualmorde, oder?«

»Ich denke schon. Morde an Frauen, was soll das weiter sein?«

Heilige Einfalt. Er setzte gleich noch einen drauf: »So'n hübsches Frauchen, wie Sie sind — passen Sie bloß auf.«

'Hübsches Frauchen'! Das war doch die Höhe! Wie er mich anguckte, konnte ich mich in den nächsten zehn Minuten auf einen Heiratsantrag gefaßt machen.

»Wer ist denn da ermordet worden?«

»Die Tochter von der Frau Truckenbrodt, und ihre Pflegerin gleich noch dazu. Grauslich, sage ich Ihnen.«

Ich hätte ihm noch eine Leiche anbieten können. Aber ich fragte lieber: »Kennen Sie die Frau Truckenbrodt denn?«

»Na, wie sollte ich nicht. Ich lebe hier seit meiner Geburt, und sie lebt hier seit ihrer Geburt. Hier kennt jeder jeden.«

Der Teufel ritt mich, zu fragen: »Dann kannten Sie bestimmt auch eine Familie Portnoi, nicht wahr?«

Sein Gesicht wurde starr.

»Portnoi?« wiederholte er blöde. »Was für eine Familie Portnoi?«

»Muß hier vor achtunddreißig gelebt haben, bestimmt wohlhabende Leute, wie fast alle hier —«

»Frauchen«, sagte er mit aufgesetzter Schalkhaftigkeit, »dafür bin ich noch zu jung. Da war ich noch ganz klein.«

»Na, so kommen Sie mir aber nicht vor«, entgegnete ich grob. »Sie waren damals bestimmt schon so alt wie ich heute.«

Er sah gekränkt in die Ferne.

»Komm, Susi«, sagte er. »Die Dame ist doch nicht so nett, wie ich dachte.«

»O doch, ich bin nett, sehr nett sogar«, beeilte ich mich, zu versichern und kraulte den Hund weiter hinterm Ohr. »Ich hab ja nur gefragt, ob es zwischen der Familie Truckenbrodt — ich meine der Familie Portnoi ...«

Meine Worte blieben mir im Halse stecken.

»Also, wir gehn dann besser«, sagte er und erhob sich. Der Hund hüpfte ihm herausfordernd vorneweg. »Wiedersehn, meine Dame.«

»Wiedersehn«, erwiderte ich verwirrt. In was war ich da wieder geraten?

31

Zahlen kann ich mir nicht merken. Aber mein optisches Gedächtnis ist hervorragend, schließlich habe ich mit Bildern zu tun, noch dazu mit Bildern, die sich bewegen.

Ich erkannte die Zeitschrift am Titelbild wieder. Allerdings hatte ich viel zu früh und zu gründlich angefangen. So lange lag es ja gar nicht zurück. Logisch.

Darum ging es also.

Noch immer kam es mir vor wie bei einer Sichtung der Muster im Cutterraum. Alles lief kreuz und quer, nichts schien zusammenzupassen, manches war stimmig und vieles nicht. Aber am Schneidetisch würde sich der Film schon formieren. Das war ich gewohnt.

Die Frage war nur, wo sich der Schneidetisch befand. Ich hatte noch Zeit bis zum Treffen mit Hansmeier. Ich trank einen Kaffee und aß dazu eine Tüte Kokosmakronen, die ich vorher an einem Stand gekauft hatte. Gebrannte Mandeln hatte ich auch noch mitgenommen, für alle Fälle, und ich ließ sie gleich nachfolgen. Es war schließlich das erste, was ich aß, seit — ich würgte. Um ein Haar hätte ich alles wieder von mir gegeben.

Noch eine Woche mit dieser Beschäftigung, und ich wäre schlank wie eine Sylphe.

Aber auch Hansmeier kamen ja wohl nicht pausenlos drei Morde in zwei Tagen unter —, das heißt, von dem dritten wußte er ja noch gar nichts.

Langsam schlenderte ich durch die Straßen der Stadt zu dem vereinbarten Treffpunkt und warf von Zeit zu Zeit einen Blick über die Schulter, ob mein Wachhund noch da war. Er trabte zuverlässig hinter mir her — nur im Wald hatte ich ihn nicht gesehen, da mußte er sich hinter den Bäumen versteckt haben.

Die Sonne heizte den Tag auf, der Asphalt schien zu kochen. Hinter den Kirchtürmen wuchsen Wolkenberge. Es würde wohl ein Gewitter geben.

Peter Hansmeier erwartete mich schon und bestellte für sich ein reichhaltiges Menü. Ich nahm einen Tomatensaft mit Salz und Pfeffer.

Er sah mich verwundert an. »Was ist mit dir los? Ist dir was auf den Magen geschlagen?«

»Gründlich«, erwiderte ich. Schon bei dem Gedanken an das Ragout fin mit dem Fäden ziehenden Käse, das er bestellt hatte, wurde mir schlecht. Er hätte auch Regenwürmer essen können.

»Was hast du in der Bibliothek gemacht?«

»Was nachgeschlagen«, entgegnete ich vage.

»Sehr redselig bist du ja nicht«, bemerkte er.

Ich zuckte bedauernd die Achseln. Bleierne Müdigkeit überfiel mich auf einmal. Schließlich hatte ich diese Nacht ja kein Auge zugetan. »Bin nicht so gut drauf«, murmelte ich.

»Übrigens«, sagte er, »stell dir vor: Das Büro in Buenos Aires gibt es nicht mehr.«

»Was?« Die Müdigkeit war wie fortgeblasen.

»Ja. Kein Anschluß unter dieser Nummer. Erst wollte ich es bleiben lassen — du weißt ja, die Kosten! —, aber dann habe ich doch nochmal unseren Informanten da drüben bemüht. Es ist sehr merkwürdig. Ostrowski, so erfuhr ich, war kurz vorm Abschluß eines Millionengeschäfts, das er übrigens nicht im Namen des Firmenkonsortiums, sondern auf eigene Faust tätigte. Auf einmal ist er fort, überläßt den Geschäftsgang einem Notariat, und kaum sind die Unterschriften getätigt, löst sich seine Filiale in Luft auf — so wie er sich offenbar auch in Luft aufgelöst hat.«

»Aber das Geschäft ist perfekt?«

»Es heißt so.«

»Laß mich raten: Immobilien. Der Verkauf eines großen Areals in der Pampa zu Zwecken der Rinderzucht. Wenn du mir einen Atlas gibst, kann ich dir sogar zeigen, wo es liegt.«

Er starrte mich an. »Woher weißt du das? Kannst du hellsehen?«

»Nein. Aber eins und eins zusammenzählen. Und außerdem war ich vorhin in der Bibliothek.«

»Ich verstehe kein Wort.«

Das Essen wurde serviert. Mir wurde vom bloßen Geruch übel. Ich griff nach Hansmeiers Hand.

»Peter, laß uns hier rausgehen, bitte. Wir setzen uns auf eine Parkbank irgendwo in den Schatten und reden da, ja?«

»Ist okay, Mädchen«, sagte er rasch. Er zahlte, wir gingen nach draußen.

Gegenüber dem Lokal befand sich ein kleiner Park mit labyrinthischen Buchsbaumhecken. Wir mußten eine Weile suchen, bis wir eine freie Bank im Schatten fanden. Hansmeier zog mich ungeduldig an der Hand vorwärts.

»So, nun rede«, sagte er, als wir saßen.

Ich erzählte ihm alles, was ich wußte, ließ das erbrochene amtliche Siegel nicht aus — er zuckte nicht mit der Wimper —, meine Spekulationen und Vermutungen und schließlich meine Gewißheit.

Als ich verstummte, sah er mich lange an.

»Wenn das stimmt, Aurora — und es hört sich sehr stimmig an, so unerhört es ist —, dann kennen wir jetzt Ninas Mörder. Wer außer ihr wußte noch über die Sache Bescheid?«

»Ein Freund von ihr, den ich übrigens auch kannte«, sagte ich möglichst beiläufig, »sein Name war — ich meine, ist Hannibal Portnoi.«

Er fuhr von der Bank hoch. »Weißt du, wo er ist?«

Das wußte ich allerdings nur zu genau. »Keine Ahnung«, sagte ich.

»Der Junge lebt gefährlich! Wir kennen Portnoi sehr gut, ein kleiner Gauner, Spieler, Organisator eines Cannabis-Anbaus hier in der Stadt; eine pfiffige Geschichte. Die Leute, die das Zeug anpflanzten und von denen er die Erträge zurückkaufte, wußten überhaupt nicht, womit sie handelten. Er muß da übrigens mit Nina gemeinsame Sache gemacht haben.« (Das wußte ich alles schon.) »Wir hätten ihn dreimal festnehmen können, wollten aber abwarten, ob er uns nicht unabsichtlich auf die Spur der Hintermänner führen würde. Am Tag, als wir bei dir und der Truckenbrodt die Wanzen gelegt haben, war er übrigens im Hause.« (Also war die Polizei doch nicht ganz so dumm, wie ich dachte.)

Er nahm meine Hände und sah mich eindringlich an.

»Aurora, wenn du weißt, wo er ist oder wenn er dir über den Weg läuft — um Gottes Willen, überrede ihn, sich zu stellen! Das Wissen, daß er mit sich herumträgt, ist tödlich, falls der Mann weiß, daß Portnoi weiß.«

Oh wie recht er hatte.

»Ich, lieber Peter, habe dies Wissen nun auch.«

»Wir leiten sofort eine Großfahndung ein. Und dich lasse ich nicht mehr von meiner Seite.«

»Das könnte dir so passen. Ich hab noch was zu tun. Muß noch was klären. Und vergiß nicht, der Kerl hat keine Ahnung, daß ich hinter diese Sache gekommen bin. Mach dir also um mich keine Sorgen.«

»Was mußt du klären?«

Ich zögerte. »Peter, ich hab dir bei meiner Aussage über den Mord an Nina was verschwiegen. Der Mann, den ich gesehen habe, trug einen Hut und einen Anzug und, kurz und gut, er sah ziemlich genau wie Portnoi aus und bewegte sich wie er.«

Er stieß pfeifend die Luft aus. »Du bist vom Teufel besessen. Warum hast du das getan?«

»Weil ich — weil ich es nicht glauben konnte. Und du siehst, daß es gut war. Kein Mensch wäre sonst auf die andere Spur gekommen.«

»Aber vielleicht war es Portnoi — als Killer bezahlt von dem Mann, der auch den Mörder an Schwester Elfriede angeworben hat und wahrscheinlich Cäcilie mit Blausäure vergiften wollte — aber wieso —« er unterbrach sich, runzelte die Stirn, schüttelte den Kopf. »Es wird immer verworrener. Ich verstehe gar nichts mehr.«

»Ich auch nicht«, sagte ich. »Und deshalb muß ich noch etwas testen. Bitte, Peter. Es könnte hilfreich sein.«

»Du bist so ein dickköpfiges Luder und lügst mich an, wie es dir in den Kram paßt«, entgegnete er hilflos. »Hast du mir jetzt wirklich alles gesagt?«

Ach, wie gern hätte ich mich von der Leiche im Heizungskeller befreit, die Zentnerlast von meiner Brust gewälzt und in die bewährten Hände des Fachmanns gelegt!

Das half alles nichts. Da gab es noch etwas, das ich herausfinden mußte. Also sagte ich: »Du kannst ganz beruhigt sein.«

»Bin ich nicht, aber — mein Gott, ich habe zu tun! Deinen Aufpasser wirst du nicht los, hörst du! Und ich erwarte deine Kontrollanrufe! Sonst komme ich!« drohte er.

»Morgen früh ist alles ausgestanden.«

»Hoffentlich.«

Wir trennten uns. Ich zog ab, zu Fuß, in Richtung auf mein Stadtviertel, den Wachhund im Schlepptau. Der arme Kerl schwitzte genauso wie ich. Es war unerträglich schwül. Irgendwann würde heute noch was runterkommen.

32

Es lag auf der Hand, daß ich mich schwer damit tat, ins Truckenbrodtsche Haus zurückzugehen, und nicht nur wegen des stillen Mannes im Keller.

Mir war inzwischen klar, daß es nur eine einzige Stelle gab, wo ich meinen Film schneiden und montieren konnte, so daß sich eine sinnvolle Bildfolge ergab.

Obgleich die Zeit drängte, machte ich einen Umweg zu dem Nobelrestaurant, wo ich gestern so ausführlich und für meine Eßgewohnheiten schlecht gespeist hatte.

Der Kellner erkannte mich wieder und empfing mich mit überströmender Freundlichkeit. Mein Trinkgeld war ihm in Erinnerung geblieben. Als ich allerdings nur ein Mineralwasser ohne Kohlensäure bestellte, wurde sein Gesicht etwas länger.

Um diese Zeit war der Laden leer.

»Diese Schwüle, was?« leitete ich das Gespräch ein, während er mir höflich das Wasser über Eiswürfel und Zitronenschnittchen ins Glas goß.

»Ja, furchtbar. Heute abend wird es wohl gewittern, und dann bleibt die Kundschaft aus. Überhaupt: Der erste Mord war eine Zugnummer, aber der zweite wirkt abschreckend. Sie haben sicher davon gehört?«

Ich nickte und stürzte das kalte fade Wasser in meine ausgetrocknete Kehle.

Er war noch am Tisch stehen geblieben, offenbar bereit zum Schwatzen.

»Kamen die Truckenbrodts auch hier ins Restaurant — ich meine, als die alte Dame noch laufen konnte?«

»Nein, nein. Das war, wenn ich mir die Bemerkung erlauben darf, nicht ihre Preisklasse. Und die junge Frau war ja erst seit letzter Zeit wieder hier. Hat sich sonstwo in der Welt herumgetrieben. Aber früher, als wir hier noch ein gemütliches Familienlokal waren, ja, da ist Cäcilie mit ihrem Mann schon mal vorbeigekommen.«

»Zur Zeit, als die Portnois hier lebten, waren Sie sicher noch gar nicht auf der Welt?«

Er guckte mich stumm an. Ich guckte zurück.

Dann wischte er wieder mit dem Führtuch ein paar imaginäre Krümel vom Tisch.

»Nein, da war ich noch nicht auf der Welt, Madame.«

Ich legte wieder ein Fünfmarkstück bereit, fürs nächste Krümelwischen. »Aber man hört doch dies und das, wenn man in so einem Kiez lebt.«

»Schon. Aber darüber wurde eigentlich nicht geredet. Kein Thema für den Stammtisch, falls Sie mich verstehen.«

»Sagen Sie mir einfach, was Sie wissen.«

»Es war eine reiche jüdische Familie, sehr nobel, sehr weltmännisch, wenn Sie mich verstehen. Das Haus stand bis '44 da an der Ecke, wo jetzt der Park ist, dann wurde es von einer Bombe getroffen. Vorher wohnte der Gauleiter drin.«

Ich wartete.

»Man erzählt, daß sich die Familie hier in einem Keller versteckt hatte. Es gab dann eine Razzia, und sie wurden aufgespürt und weggeschafft. Sie wissen ja, wie das damals war.«

»Gewiß.«

»Das Verwunderliche war nur, daß es für die Leute, die sie versteckt hatten, keine Scherereien gab. Und da machten sich einige ihre Gedanken drüber. Sie verstehen.«

»Absolut. Sehen Sie, Sie wissen doch alles ganz genau. Bestimmt erinnern Sie sich auch, bei wem sich dieser Vorfall abgespielt hat.«

»Man sollte dieses Unglückshaus jetzt nicht auch noch mit dem Fluch der Vergangenheit belasten«, sagte er pathetisch.

»Gottes Mühlen mahlen langsam, mahlen aber trefflich fein«, erwiderte ich mit einem Spruch Cäcilies. Ich legte das Geld für das Wasser aufs Tischtuch und ging.

33

Das Auge des Taifuns ist die Stille.

Unbeweglich hingestreckt auf ihrem Bett zwischen ihren Spiegeln und Büchern, ihren Klingeln, Medizinen und Telefonen, den Blick zum Erker gerichtet, lag Cäcilie Truckenbrodt und wartete auf mich.

Sie hatte das Pflegepersonal nach Haus geschickt.

»Setzen Sie sich, Aurora«, sagte sie und wies auf den Stuhl neben ihrem Bett. »Was haben Sie mir zu sagen?«

»Sie haben Ihre Tochter ermorden lassen«, brachte ich heraus. Trotz des Wassers von vorhin war meine Zunge wie ausgedörrt.

Draußen grummelte in der Ferne der erste Donner. Wetterleuchten erhellten den Horizont.

»So war es nicht geplant«, entgegnete sie kalt. »Es sollte ein Denkzettel sein, für beide. Ostrowski hat sich nicht an die Absprache gehalten.«

Sie schwieg einen Moment. Ihr Blick war unverwandt nach draußen gerichtet.

»Das Kind war verdorben bis in die Knochen. Sie hätte nie von hier weggehen dürfen, sich nie mit dieser Filmhochschule und dem ganzen sittenlosen Zeug beschäftigen dürfen. Nina hatte keine Moral. Sie war oberflächlich, geltungssüchtig, geldgierig.«

»Das mag alles sein. Aber ist das ein Grund, sie umbringen zu lassen?«

»Ich sagte doch, das war nicht so geplant! Hören Sie mir nicht zu?«

»Ich höre sehr genau zu, Frau Truckenbrodt.«

»Ich hatte sie ja aus den Augen verloren, aber als sie dann von ihrem Mann verstoßen wurde und hierher zurückkam, trat mir das ganze Ausmaß ihres üblen Lebenswandels vor Augen. Schamlos war sie! Als ich mir die Hüfte brach, kam sie zu mir ins Krankenhaus und frohlockte! Nun kannst du mir nicht mehr reinreden, sagte sie, nun bin ich endlich ungestört. Das war der Grund, warum ich nach Hause zurück wollte. Wenigstens nicht ganz die Kontrolle verlieren! Diese ganzen Schiebereien und Durchstechereien! Und als mir dieser Zuhälter die Sache mit der Erpressung erzählte, war das Maß voll.«

»Was hatten Sie gegen Hannibal Portnoi? War es nicht eine ehrenwerte Handlung, daß er zu Ihnen kam und es Ihnen erzählte? Handelte er nicht auch aus Sorge um Ihre Tochter?«

»Der und ehrenwert? Solche Männer waren es, die Nina verdorben haben! Ich hasse diesen windigen Judenbengel!«

»Reichte es denn nicht, daß Sie die Familie, die in Ihrem Keller Schutz gesucht hatte, damals den Nazis ausgeliefert haben?«

»Was Sie alles wissen«, sagte sie höhnisch. »Erstens war es nicht ich, sondern mein Mann hat sie dem Blockwart gemeldet. Das hochmütige reiche Pack mit ihren Pelzen und

Diamanten! Ich kannte sie zur Genüge. Meine Mutter war Dienstmädchen bei denen gewesen. Nun kamen sie auf einmal zu mir. Ganz klein waren sie! Cäcilie, denken Sie an die alten Zeiten! Oh ja, an die dachte ich. Als ich die abgelegten Sachen von Fräulein Rosalie bekam, und die erzählte es auf dem Schulhof herum. Nun endlich hatten sie die Quittung!«

Ihre faltigen Wangen hatten sich gerötet. Sie atmete tief und keuchend.

»Frau Truckenbrodt!«

»Das gehört überhaupt nicht zum Thema! Gar nicht!«

Ich schwieg.

»Sie telefonierten also mit Ostrowski? War es so?«

»Ja, ich rief Ostrowski in Buenos Aires an und erzählte ihm von der Sache. Ich fand, daß man dergleichen verhindern müsse. Es gab keinen Grund, warum meine Tochter meinen Ex-Schwiegersohn ruinieren sollte. Er hat sich immer anständig benommen.«

»Aber Sie wollten Portnoi auch eins auswischen, nicht wahr?«

»Sie sollten beide ihre Lehre bekommen. Wir verabredeten, daß er jemanden engagieren sollte, der auf Nina schießen oder sie allerhöchstens anschießen würde, und zwar in der lächerlichen, unverkennbaren Maskerade dieses Kerls. Nina hätte ihren Schreck weg, Portnoi käme in den Knast, Ostrowski hätte seine Ruhe.«

»Sie wollten ihn also anzeigen.«

»So war es geplant.«

»Und dann?«

»Dann war Nina tot. Einen Mord will ich ihm nicht anhängen. Darum habe ich geschwiegen, und Sie auch.«

Draußen wetterleuchtete es weiter. Das Gewitter kam kein Stück näher, schien sich jenseits der Stadt zu entladen.

»Und warum versuchten Sie dann, Portnoi unbedingt zu sprechen, nachdem Nina an ihrem 'Denkzettel' eingegangen war?«

»Reden Sie mit Würde über den Tod!« befahl sie eisig. »Ja, natürlich will ich ihn sprechen. Ich weiß ja nicht, womit die Erpressung vonstatten gehen sollte. Ich ahne irgendetwas — Nina hatte Andeutungen über Viehzucht und Wasser gemacht. Nun muß ich es aus Portnoi herausquetschen. Es kann nicht so schwer sein, ich kann ihm ja damit drohen, daß ich ihn als Ninas Mörder anzeigen würde.«

»Aber warum wollen Sie das unbedingt wissen?«

In ihrem felsenharten Gesicht regte sich kein Muskel, als sie sagte: »Um Ostrowski zu erpressen. Jetzt muß ich meine Tochter rächen.«

»Deshalb wollten Sie also auch das Material aus Ninas Zimmer?«

»Ich dachte, irgendwas müßte dort sein.«

»Es war etwas da. Ich habe es gelesen.«

Sie sah mich an, grimmige Hoffnung im Blick, und zog sich an ihrem Zügel hoch.

»Sie wissen es?«

»Ja, ich weiß es.«

Ihre knochige Hand griff nach meinem Arm: »Sagen Sie es mir, Aurora!«

Ich zuckte die Achseln.

»Wenn Sie unbedingt wollen. Aber ich glaube nicht, daß man damit noch etwas erreichen kann, außer sich selbst in Gefahr zu bringen. Ostrowski hat das Geschäft perfekt organisiert.«

»Sagen Sie es mir!«

»Alles war zunächst nur so eine Ahnung. Sie selbst müssen ja auch dicht dran gewesen sein, als Sie über Nutzviehhaltung in Argentinien nachlasen. Sicher haben Sie sich gewundert, wieso Rinder ertrinken können, falls Sie diesen Teil der Geschichte kennen.«

»Ja, den kenne ich.«

»Es gibt verschiedene Sorten von Naturkatastrophen, Frau Truckenbrodt. Über Vulkanausbrüche und Sturmfluten berichtet jedes Boulevard-Blättchen, kein Zweifel, und die Abholzung des Regenwaldes ist in aller Munde, weil sie Auswirkungen auf uns hat. Aber die stillen, nicht minder katastrophalen Veränderungen, denen Landschaften manchmal unterworfen sind, die registriert kaum jemand, vor allem dann nicht, wenn sie weit weg sind.«

»Fassen Sie sich doch kürzer!«

»So kurz wie möglich und so lang wie nötig. — Wo ertranken die Rinder? Das war die Frage, die sich Nina gestellt hatte. Hannibal Portnoi fand die Antwort darauf — er behauptete, durch Zufall, aber ich glaube eher, daß Nina ihn beauftragt hatte, zu suchen, denn die Art naturwissenschaftlicher Zeitungen, in der er diese Antwort fand, gehörte nicht unbedingt zu seiner Lektüre.

Im betreffenden Jahr gab es im Landesinnern Argentiniens sintflutartige Regenfälle, Dauerregen, monatelang. Ein riesiges Pampasgebiet verwandelte sich in einen See. Weder Gauchos noch Rinder können schwimmen. Oft kamen die Nachrichten zu spät oder gar nicht dort an, wo man Hilfe hätte aussenden können. Mit Hubschraubern sammelte man die Überlebenden auf und überließ das Vieh seinem Schicksal. Und das war Ostrowskis Stunde.

Er kaufte das ganze im Wasser versunkene Land für einen Pfifferling. Gleichfalls durch die Luft schaffte er die abgesoffenen Rinder in Schlachthäuser, wo man gegen entsprechende Beteiligung am Gewinn ein Auge zudrückte — und der Gewinn war prachtvoll.

Das war aber nur der erste Akt.

Das Areal war zum See und Sumpf geworden; selbst wenn es irgendwann wieder verlanden würde, war es für Weidenutzung unbrauchbar. Aber diese Veränderungen waren natürlich auf keiner Landkarte der Welt verzeichnet. Es wußten höchstens eine Handvoll Experten in Buenos Aires davon, die die Veränderungen vielleicht bei der nächsten Edition von Meßtischblättern in ein paar Jahren berücksichtigen würden. Offiziell besaß Ostrowski Pampa.«

»Ich verstehe«, sagte die alte Frau mit einem bösen Auflachen. »Er verkaufte das Land.«

»Wie es aussieht, verkaufte er es zweimal, Frau Truckenbrodt. Zunächst an Siedler und Existenzgründer. Wo diese Handvoll verschaukelter und verdummter Individuen abgeblieben ist, die bestimmt alle keinen roten Heller mehr für eine Rückfahrkarte, geschweige denn für einen Anwalt hatten, weiß keiner. Von denen hatte er nichts zu befürchten, zumal er bestimmt eine Klausel im Vertrag hatte, durch die er vor Konsequenzen aus Naturkatastrophen geschützt war. Und dann, so vermute ich, sah er die Chance, das ganze Gebiet noch einmal an einen Investor abzugeben, der sich über den vergleichsweise billigen Landkauf freute.

Bloß, das waren nun keine kleinen Fische, dieser Käufer war ein großer Hai. Darum, denke ich mir, mußte Ostrowski von der Bildfläche verschwinden, untertauchen, sobald das Geschäft perfekt war.

Bei dieser Sache wollte Nina absahnen. Aber ihre Mutter gab dem Herrn Schwiegersohn ja einen Wink und plante gleichzeitig den 'Denkzettel' für die Tochter. Ostrowski, so gewarnt, beschloß, Argentinien gleich zu verlassen, sich aus der Reichweite des Kunden zu begeben und hier ganze Arbeit zu leisten. Das ist alles.«

Sie sah mich an, ausdruckslos, wie mir schien.

»Und wie bekam Nina die Geschäfte ihres Mannes heraus?«

»Als sie den Artikel über die Wasserkatastrophe in der Pampa las, kam sie einfach auf die Idee, die dort bezeichnete Gegend mit dem Landstück zu vergleichen, das Ostrowski für die 'Existenzgründungen' inseriert hatte. Ich nehme an, daß sie dann ganz systematisch den Immobilienmarkt verfolgt hat und so dahinter gekommen ist.«

Cäcilie schwieg und sah an mir vorbei. Dann bemerkte sie: »Ich hätte nie geglaubt, daß Nina zu so einer zielstrebigen Tätigkeit fähig ist.«

Es fiel mir schwer, herauszuhören, ob es verächtlich oder anerkennend gemeint war.

»Oh, da kannten andere sie aber anders«, sagte ich grimmig. »Wenn es um ihren Vorteil ging, konnte Nina ungeahnte Energien entwickeln.«

»Ja, kriminelle.«

»Und was Sie mit Ihrem Ex-Schwiegersohn verabredet haben, wie würden Sie das bezeichnen?«

»Meine Absichten waren moralisch.«

»Moralische Absichten mit einem kriminellen Subjekt und kriminellen Mitteln?«

»Was du immer hast getan: sieh es auf das Ende an!«

»Verschonen Sie mich mit ihren Sprüchen! Und außerdem — sehen Sie's doch auf das Ende an! Ihre Tochter ist tot durch Ihre Schuld!«

»Seien Sie ruhig«, sagte sie wütend.

Ich war aufgesprungen und ans Fenster gegangen. Sie holte mich zurück, unvermindert gebieterisch. »Geben Sie mir ein Glas Wasser.«

Ich holte ihr das Gewünschte, und als sie trank, sah ich, daß ihre Hände zitterten — zumindest ein Zeichen von Gemütsbewegung.

Gleich mußte ich gehen und Hansmeier anrufen, damit er sich nicht beunruhigte. Aber eins hatte ich noch zu tun: Ich mußte diese böse alte Frau warnen.

»Wissen Sie, daß sich Ostrowski immer noch hier in der Stadt aufhält?«

Sie setzte ihr Glas ab.

»Da müßte er doch dumm sein«, bemerkte sie höhnisch.

»Das weiß ich nicht. Jedenfalls, gleichgültig, ob nun er oder ein von ihm gedungener Killer auf Nina geschossen hat — er war und ist in der Nähe. Die Schritte, die Sie in dem versiegelten Zimmer hörten, waren nicht die meinen. Ich war schon vorher dort gewesen und hatte das Siegel wieder angebracht. Als ich das zweite Mal ins Zimmer ging, war es erneut gebrochen und die entscheidenden Sachen entwendet: der Zeitungsartikel, die Annonce und der Atlas, wo das Gebiet markiert war.«

»Ich glaube nicht, daß das Ostrowski war. Bestimmt war das dieser Portnoi«, sagte sie haßerfüllt.

Ich schwieg und behielt mein Wissen für mich.

»Ich wäre vorsichtig an Ihrer Stelle. Soll ich Sie wieder einschließen?«

»*Sie* sollten lieber vorsichtig sein«, entgegnete sie böse. »Was stecken Sie Ihre Nase in fremder Leute Angelegenheiten! Seit Sie hier sind, bricht das Unheil nicht ab. Ich wollte, Sie würden endlich abreisen.«

»Das werde ich ganz bestimmt tun«, sagte ich. »Für meinen Geschmack haben Sie zuviel Leichen im Keller, Frau Truckenbrodt. Aber diese Nacht lasse ich Sie nicht allein. Ich werde entweder die Pfleger oder Polizeischutz für Sie besorgen.«

»Nichts da! Ich kann auf mich selbst aufpassen. Gehen Sie endlich!«

»Ich packe noch heute abend«, sagte ich.

34

Zehn Minuten hatte ich noch bis zum Anruf bei Peterchen, dem Besorgten.

Ich nahm meinen Whisky und ging auf den Balkon, auf dem alles angefangen hatte.

Das Gewitter hatte nicht stattgefunden. Irgendwo anders war der Regen niedergegangen. Am Horizont zuckte romantisch das Wetterleuchten. Es war immer noch unerträglich schwül.

Aus. Finito. Vorbei. Abgedreht der Film. Ein schaler Geschmack, das war alles, was blieb, und vom Whisky war er nicht zu vertreiben.

Was war zu machen? Irgendwann würden sie Ostrowski fassen und seine Handlanger, oder auch nicht. Die alte Frau dort oben würde die Aussage verweigern oder weiterhin behaupten, sie wisse von nichts, wolle nur den Tod ihrer Tochter betrauern oder gern selbst sterben –

In zehn Minuten hatte ich Peterchen zu erzählen, wo er Hannibal Portnoi finden konnte.

Der Keller der Familie Truckenbrodt, der vor fünfzig Jahren zur Todesfalle für die Portnois geworden war, in dem ihr Nachkomme, ahnungslos, bei seinem Stoff, seinen Büchern, Musiken und Frauenzimmern mehr tändelnd als echt dahingelebt hatte, war ihm nun zum Sarg geworden.

Ich stellte mein Glas ab. Es schmeckte mir nicht.

In der Ferne flammten die ersten Lichter in den Häusern auf, die Straßenbeleuchtungen erblühten mit einem Schlag zu hellen Perlenketten im Grün der Landschaft. Eine schöne Gegend. Eine hübsche Stadt. Da sollte man mal Urlaub machen.

Im Dämmerlicht näherte sich eine Gestalt dort drüben unter den Bäumen.

Mein Herz setzte einmal aus, um dann seinen Schlag zu verdoppeln.

Die Figur trug einen altmodischen Anzug mit gepolsterten Schultern und einen für diese Jahreszeit völlig unsinnigen Filzhut.

An der Straßenecke sah sich der Mann einmal kurz um. Dann huschte er in den Hauseingang unterm Balkon.

Ich hatte das Gefühl, daß Hansmeier meinen Herzschlag im Hörer mitbekommen würde, als ich anrief.

»Du bist ja überpünktlich«, begann er wohlgelaunt, »weißt du, daß —«

Ich schnitt ihm das Wort ab.

»Hier ist jemand ins Haus gegangen, in diesem Moment«, flüsterte ich hastig.

»Ein Mann?«

»Ja. Er war angezogen wie Portnoi.«

»Ich komme«, sagte er knapp. »Schließ dich ein, verlaß auf keinen Fall dein Zimmer.«

Damit hatte er aufgelegt.

Plötzlich war ich ganz ruhig.

Mich einschließen? Das hatte er sich so gedacht. Vor Gespenstern hatte ich mich noch nie gefürchtet. Und wenn es keins war, dann wollte ich erst recht wissen, was los war.

Ich streifte die Schuhe von den Füßen. Vorsichtig, damit keine Diele knarrte, bewegte ich mich durch das dunkle Haus.

Aus Cäcilies Zimmer drang Licht. Ihre Tür stand halb offen —, so hatte ich sie nicht zurückgelassen. Eine Samtportiere, irgend so ein ekliger Staubfänger, verschlissen und verblichen seit Olims Zeiten, deckte die eine Türhälfte ab. Im Winter sollte sie wohl als Windfang dienen. Ich blieb hinter der Portiere stehen, drückte meine Nase in die Falten und verfluchte meine Allergie — lange hielt ich es nicht aus in diesem Mief.

Dann hörte ich Cäcilies harte Stimme: »Du hast mich lange warten lassen.«

Eine fremde Männerstimme, geschmeidig und wohltönend wie die eines Menschen, der viel Umgang mit Leuten hat, denen er seine Meinung aufschwatzen will, gab Antwort: »Es war nicht ausgemacht, daß ich überhaupt noch einmal komme.«

»Es war manches nicht ausgemacht«, entgegnete Cäcilie. »Und wozu diese Maskerade?«

»Ach Schwiegermutterchen, was muß dich das interessieren? Von dir kenne ich doch den schönen Spruch: Was ich nicht weiß, macht mich nicht heiß.«

»Der Mörder meiner Tochter hat mich nicht Schwiegermutterchen zu nennen!«

Ein hämisches Lachen.

»Wer hatte denn diesen schönen Plan! Wer rief mich denn erst an und verabredete mit mir, daß jemand Nina davon abhält, mich zu erpressen?«

»Davon abhält, ja —«

»Ich habe es eben etwas gründlicher gemacht. Im Gegensatz zu dir habe ich meinen Teil der Abmachung erfüllt. Du hattest doch übernommen, diesen Portnoi ans Messer zu liefern, nicht wahr? Aber du hast geschwiegen. Alles muß man allein erledigen!«

»Bist du deshalb in dieser Verkleidung?«

»Du fragst zuviel, Schwiegermutterchen, du fragst entschieden zu viel. Wenn hier einer fragt, bin ich es.«

Vorsichtig schob ich den Kopf vor und lugte um die Ecke. Der Kerl saß auf eben jenem Stuhl neben Cäcilies Bett, den ich vor vielleicht zehn Minuten verlassen hatte, ein Wunder, daß er nicht noch warm war.

Wieder fuhr es mir ins Gebein, als ich diesen Rücken sah, die ausgepolsterten Schultern, den Hut — von Cäcilie konnte ich nichts erblicken.

»Wer ist das fette Weibsstück, das hier im Haus herumschlurft?«

»Eine Freundin meiner seligen Tochter.«

Ich fühlte, wie mir Hände und Füße erkalteten.

»Mir gefällt diese Anwesenheit nicht, Cäcilie. Was weiß sie?«

»Das, was sie gesehen hat. Von deinen obskuren Geschäften weiß sie so viel wie ich.«

Obwohl ich vor Angst meine Zähne ganz fest aufeinanderbeißen mußte, damit sie nicht klapperten, hatte ich doch noch Sinn dafür, die Diplomatie in der Antwort der alten Frau zu bewundern.

»Was hat sie dir über ihr Abenteuer im Keller erzählt?«

»Sie hat mir nichts von einem Abenteuer im Keller erzählt. Was meinst du?«

»Nichts. Wiederholung: Was ich nicht weiß ...«

»Warum sprichst du dann darüber?«

»Laß gut sein, Schwiegermutterchen. Ich wollte nur

testen, ob diese dicke Kuh genau so träge und unfähig ist, wie sie aussieht.«

»Daß sie hier im Haus ist, das weißt du?«

»Gewiß doch. Meinst du, ich wäre gekommen, wenn nicht das Licht bei ihr ausgegangen wäre? Die zieht sich ihren Whisky rein und schnarcht dann.«

»Woher weißt du das mit dem Whisky?«

»Du fragst eindeutig zu viel.«

»Gut denn. Was willst du?«

Am Ruckeln und Knarren des Bettes merkte ich, daß sich Cäcilie an ihrem Zügel hochgezogen hatte.

»Eigentlich diesen Fettsteiß mundtot machen. Aber wie ich höre und sehe, ist sie es schon von Haus aus. Dann bleibt mir nur noch, dir für deine Hilfe zu danken.«

»Was meinst du?«

»Cäcilie, ohne dich wäre vielleicht der Coup meines Lebens geplatzt. Morgen bin ich über alle Berge. Neue Identität, neues Land, das Geld sicher auf einem Nummernkonto in der Schweiz. Um ein Haar hätten die Stänkereien deiner Hure von Tochter und ihres Mackers das große Ding gekippt. Ich bin dir wirklich verpflichtet.«

»Gut. Dann laß uns abrechnen.«

»Nicht daß ich wüßte, habe ich dir etwas versprochen? Beteiligung vielleicht? Da hätte ich gleich bei Nina bleiben können.«

Es war wieder dies Geräusch zwischen Kichern und Schluchzen, das ich in der Nacht von Ninas Tod gehört hatte. Cäcilie rückte sich in ihrem Bett zurecht, und auf einmal traf mich in einem der zahlreichen Spiegel, mit denen sie die Umwelt seit eh und je kontrollierte, ihr Blick. Cäcilie wußte, daß ich da war.

»Ich rechne mit der Hälfte«, sagte die alte Frau ungerührt. »Andernfalls —«

Der Mann an ihrem Bett lachte auf.

»Die Hälfte! Du bist gottvoll, Schwiegermutterchen! Was willst du altes Reff mit soviel Geld? Du bist doch kurz vorm Abkratzen!«

»Ich werde hundert«, sagte Cäcilie eisig, und all ihr wehleidiges Sterbegetue war auf der Strecke geblieben. »Ich brauche mehr, als du dir vorstellen kannst.«

»Liebe Schwiegermutter«, sagte Ostrowski und lachte fröhlich. »Ich kann dir sagen, wieviel du bekommen wirst. Keine Hälfte und kein Viertel und kein Achtel, ja nicht einmal ein Sechzehntel. Du wirst nicht einmal bekommen, was unter meinen Fingernagel geht. Nichts, nullkommanichts. Basta. Punktum und Gott befohlen.«

Er erhob sich von dem Stuhl und wendete sich zum Gehen, und ich drückte mich tiefer in meine Vorhangfalten. Endlich sah ich sein Gesicht, ein weiches, weißes, blasses Gesicht, zerfließender als das Gesicht eines Zuschauers unten, wenn man in der Bühnengasse steht, die Augen schienen farblos. Und irgendwie war ich so erleichtert, daß er in keiner Weise Hannibal Portnoi ähnlich sah, daß mich ein inneres Schluchzen schüttelte.

Cäcilie indes sprach weiter.

»Ich werde dich anzeigen«, sagte sie scharf.

Er wandte sich halb um.

»Du wirst mich anzeigen? Sehr lustig, Cäcilie. Du. Hier. Von deinem Bett aus. Du wirst allerhöchstens Hannibal Portnoi anzeigen können ...«

»Vielleicht gibt es noch einen zweiten Zeugen.«

»Der Hannibal Portnoi gesehen hat? Du bist seniler als ich dachte.«

»Vielleicht hat dieser Zeuge auch alles gehört, was eben zwischen uns gesprochen worden ist.«

Er fuhr herum, so schnell wie Männer seiner Profession

nun einmal sein können, und ich stellte wieder mit jenem Aussetzen des Herzschlags fest, daß seine Art, zu ziehen, aufs Haar der von Portnoi glich. Nur daß Portnoi der Imitator gewesen war und nicht umgekehrt.

Cäcilie sprach ungerührt weiter.

»Wobei das unnötig sein wird. Ich habe gesagt, jetzt wird abgerechnet, Horst. Nimm die Hände hoch.«

Offenbar verstand er sich auf Tonfälle in diesem Metier. Ihm kam keinen Augenblick die Idee, daß die alte Frau bluffen könnte. Er ließ seine Waffe fallen, hob langsam die Hände und sagte mit seiner überredenden Stimme: »Aber Schwiegermutterchen, wir werden doch keine Dummheiten begehen, nicht wahr?«

Ich hätte nie gedacht, daß Cäcilie bewaffnet war, und wäre auch jetzt nicht bereit gewesen, daran zu glauben, wenn nicht meine verfluchte Allergie die Probe aufs Exempel hervorrief.

Wenn mir Staub in die Nase gerät, gibt es zwei Effekte: Der eine ist die Langzeitwirkung, die durch völliges Zuschwellen der Nasenschleimhäute, tränende Augen und Juckreiz im Rachen gekennzeichnet ist und etwa eine Stunde nach dem Anlaß eintritt. Die Kurzzeitwirkung, das einfache Kribbeln in der Nase, läßt sich zwar eine Weile beherrschen — es gibt da alte Bühnentricks, wie mit dem Finger auf eine bestimmte Stelle zwischen Nase und Oberlippe drücken oder das Gaumensegel hochziehen —, aber dann bricht es um so ungehemmter hervor. Meine Nase steckte allzu lange in diesem häßlichen Vorhang, als daß noch etwas zu retten gewesen wäre.

Das Niesen begann wie eine Explosion, wie der Dammbruch eines gestauten Flusses, verschloß mir Augen und Ohren, umhüllte die Welt mit Schwärze. Es gab nur noch dies, alles andere war ausgelöscht.

So verpaßte ich den Knall von Cäcilies Pistole, verpaßte, daß sie danebengeschossen hatte und offenbar nicht in der Lage war, ein zweites Mal abzudrücken, bekam dunkel mit, daß eilige Schritte an mir vorbei in den Raum stürmten. Ich hing immer noch am Vorhang und nieste, als Hansmeier Ostrowski die Handschellen anlegte. Auch Ostrowskis Schuß hatte ich nicht gehört.

Als ich schweißüberströmt wieder zu mir kam, war der Verkäufer versoffener Rinder und nicht existenter Ländereien bereits abgeführt worden, und zwei Mann bemühten sich um die in ihrem Bett hingestreckte Cäcilie, die stumm aus Arm und Schulter blutete.

»Du total verrücktes Weibsstück!« schrie mich Hansmeier an und rüttelte mich an den Schultern. »Konntest du nicht bleiben, wo du in Sicherheit warst?«

Aber ich dachte an etwas ganz anderes. Den Kopf an seine Brust gelehnt, murmelte ich: »Im Keller liegt noch einer.«

Er war nach wie vor schnell von Begriff. Er fragte nicht viel, sondern schickte zwei seiner Leute hinunter.

Ich bin gewiß nicht zimperlich, aber als der eine Bulle kopfschüttelnd zurückkam und mit einem Blick auf mich, der meine Zurechnungsfähigkeit stark in Frage stellte, mitteilte:

»Da unten ist nichts und niemand«, da tat ich das, was die Leute im Kino immer tun: Ich kippte einfach um.

35

Sie fanden die Leiche von Hannibal Portnoi am nächsten Morgen im Stadtwald, unweit der Stelle, wo ich, auf einer Bank sitzend, den netten Hund Susi und sein weniger nettes Herrchen kennengelernt hatte. Ostrowski und/oder seine Helfershelfer mußten ihn gleich nach meiner Flucht aus dem Heizungskeller dorthin gebracht haben. Eine verriegelte Tür war ihnen sicher nur ein Bagatellproblem, noch dazu eine, die schon dazu präpariert war, von außen geöffnet zu werden.

Hansmeier nahm an, daß es Ostrowski damit schaffen wollte, den Verdacht endgültig von sich abzulenken. Außer dem Mann mit Hut und gepolsterten Schultern gab es keinen Verdächtigen, und Cäcilies Aussage, wenn sie denn eine gemacht hätte, war mehr als fragwürdig. Immerhin hätte sie ihre Beteiligung an der ganzen Sache aufdecken müssen.

Dort im Stadtwald hätte so eine Leiche eine ganze Weile liegen können. Jedenfalls lange genug, daß der Zeitpunkt des Todes nicht mehr präzis festzustellen war. Die Leute der Gegend gingen immer die Spazierwege entlang, seitdem es mal ein paar Überfälle auf Frauen gegeben hatte, die Pilze sammelten. Die Männer um Ostrowski – der falsche Pfleger war immer noch nicht aufgefunden worden – kannten offenbar die Lebensgewohnheiten hier recht genau.

Überhaupt Ostrowski. Zwar hatte er in Argentinien nun einen Prozeß wegen Betrugs und Vortäuschung falscher Tatsachen laufen, aber alles, was hier in der Stadt geschehen war, leugnete er mit aalglatter Freundlichkeit.

»Du wirst gegen ihn aussagen müssen«, sagte Hansmeier. »Ohne Dein Ohr am Vorhang hätten wir rein gar nichts an der Hand, denn Cäcilie Truckenbrodt schweigt beharrlich und erklärt nur ständig, sie sei eine alte Frau am Rand des Grabes und wisse von nichts, man solle sie doch in Ruhe sterben lassen.«

»Wie geht es ihr?« fragte ich.

»Erstaunlich gut. Sie erholt sich von ihren Verletzungen mit dem vitalen Elan einer Dreißigjährigen, sagen die Ärzte. Eine Frau so zäh wie Leder.«

»Und so hart wie Kruppstahl, ja. Nur nicht mehr flink wie ein Windhund«, entgegnete ich wütend und mißhandelte mein Omelett isländisch für zwei Personen, das ich mir als Nachtisch gegönnt hatte.

Er sah mich erstaunt an.

»Das sind die Vorgaben von Joseph Goebbels an die deutsche Jugend. Aber lassen wir das. Sei mir nicht böse, denn obwohl sie mir sozusagen das Leben gerettet hat, kann ich für sie keinen Funken Sympathie aufbringen. Ein schreckliches Frauenzimmer.«

Wir saßen in einem gemütlichen Biergarten, den Peter Hansmeier ausgesucht hatte.

Die Sache hatte nur einen Nachteil: es regnete. Wir hatten uns zwar unter einem der großen Schirme plaziert, aber sehr viel angenehmer machte das die ganze Sache auch nicht, denn unter unseren Füßen rauschten Bäche vorüber, das Wasser drang in die Schuhe, und der Luftzug blies uns in den Nacken.

Ich schlug den Kragen meines Blazers hoch.

»Sollen wir reingehen?« fragte er besorgt.

»Nein. Ich will jetzt hier draußen mit dir sitzen, und so ist's gut.«

»Bockbeinige Person!«

»Ohne meine Bockbeinigkeit und meine Disziplinlosigkeit hättest du heute niemanden, den du als Zeugen anführen könntest.«

Er zuckte die Achseln, und ich verleibte mir weiter mein Omelett isländisch ein, ein Souflée, gefüllt mit Schlagsahne, Beeren und verschiedenen Sorten Eis.

»Wahnsinn, was du essen kannst«, bemerkte er, halb bewundernd, halb ironisch.

Ich legte die Gabel aus der Hand.

»Hör mal, mein Lieber. Wegen dieser Geschichte habe ich fast sechs Kilo verloren. Eine Woche lag ich nur da und habe Obstjoghurt und Kamillentee zu mir genommen, alles andere kam sofort zurück. Und nun, wo ich endlich das erste Mal wieder richtig esse und trinke, da lasse ich mir doch von dir keine Vorschriften machen!«

»So war es ja nicht gemeint.«

»Gut. Dann bestelle uns bitte noch zwei Mokka und zwei doppelte Whisky. Und wehe, du weigerst dich, mitzutrinken! Wir feiern schließlich den Abschluß des Falles.«

Er gehorchte ohne Widerspruch.

Der Kellner servierte mit Regenschirm. Ringsum standen die Tische verwaist. Ich zog abwechselnd den einen, dann den anderen Fuß unter den Rock, um mir die Zehen zu wärmen. Schweigend erhoben wir unsere Gläser gegeneinander.

Das Zeug wärmte gut. Während Hansmeier seinen Drink absetzte, seufzte er abgrundtief.

»Was hast du, Peterchen? Kommt die eingeplante Beförderung nicht?«

»Von der kann gar keine Rede sein«, erwiderte er mißgelaunt. (Ich hatte offenbar einen wunden Punkt berührt.) »Letztlich ist alles offen. Wir können uns zwar einiges zusammenreimen, aber solange Ostrowski weiter leugnet, bleibt alles im Unentschiedenen.«

»Du hast ja mich als Zeugin«, sagte ich und tätschelte seine Hand.

»Ja, ja, gut, gut. Aber die entscheidenden Dinge, die bleiben offen. Du hast nicht gesehen, daß der Mann, der Nina erschossen hat, Ostrowski war.«

»Nein. Aber ich habe ihn darüber reden hören.«

»Und du hast den Mörder von Portnoi nicht gesehen.«

»Ich hatte mein Kleid überm Kopf. Wenn ich ihn gesehen hätte, säße ich wahrscheinlich nicht hier.«

Ich winkte dem Kellner, der in der offenen Tür stand und mißmutig in den Regen starrte. Er verschwand ohne Rückfrage. Was sollte man bei diesem Wetter anderes bestellen als Whisky?

»Du meinst also«, nahm ich den Faden wieder auf, »daß man diesen Schieber, Betrüger, Mörder und so weiter nicht so wird belangen können, wie er es verdient?«

»Ich fürchte es«, sagte Hansmeier düster.

»Die Kleinen hängt man, die Großen läßt man laufen«, sagte ich und erinnerte mich dabei gleich an Cäcilie Trukkenbrodt. Offenbar ging es Hansmeier genauso, denn er fragte: »Hast du die alte Frau im Krankenhaus besucht?«

»Nein. Ehrlich, Peter. Mir graust vor ihr. In einer Woche, so habe ich gehört, kommt sie wieder nach Haus. Solange bleibe ich eben noch da, sitze auf dem Balkon — mit den

Wanderungen durchs Bergland wird es ja bei diesem Wetter ohnehin nichts. Ich will sie nicht sehen. Nicht ums Verrecken. Am Tag davor reise ich ab.«

Er legte seine kalte Hand auf meine.

»Du mußt nicht abreisen, Aurora. Du könntest gern noch ein bißchen in dieser Stadt bleiben. Ich meine, du und ich, wir hätten uns doch vielleicht noch etwas zu sagen?«

Ich betrachtete ihn. Er war hübsch und fix, verläßlich und nicht dumm, und er war ein wunderbarer Partner gewesen, einer, der bis zum Schluß Vertrauen gehabt hatte.

»Peter, es geht nicht«, sagte ich seufzend und legte meine andere Hand noch über die seine. »Versteh doch. Wenn einem erst einmal ein Kerl kurz vorm Vögeln abgeknallt worden ist, kann man nicht so schnell an den nächsten ran. Es hat nichts mit dir zu tun. Ich mag dich.«

Ich beugte mich vor und küßte ihn ohne sonderlichen Einsatz von Erotik auf die Lippen.

Er sah mich traurig an.

»Eins wollte ich immer noch wissen«, versuchte ich munter abzulenken. »Wieso dieser falsche Pfleger? Und warum mußte die arme Elfriede dran glauben?«

Er belebte sich. Endlich war er wieder in seinem Element. »Als Ostrowski diesen ‘zweiten Pfleger’ im Haus einschmuggelte — wir wissen inzwischen, wer er ist, haben ihn aber leider nicht —«

Ich schnaubte verächtlich-amüsiert durch die Nase, und er runzelte die Stirn.

»Er wollte sich absichern, daß Cäcilie nicht ‘auspackte’. Schließlich hatte er ihre Tochter umgebracht, statt sie bloß zu erschrecken, und es war leicht möglich, daß sie die ganze Sache platzen ließ. So war auch das Glas mit der Blausäure auf Cäcilies Nachttisch, das ich dir beinah ins Gesicht gegossen hätte, als eine Warnung an die alte Frau gedacht. Ostrowski wußte, daß Cäcilie viel zu mißtrauisch war, einfach etwas zu trinken, ohne es zumindest zu beschnüffeln. Und wenn nicht — nun gut. So viel Skrupel hatte er ja wohl nicht. Sie war gewarnt, nicht unvorsichtig zu sein.

Bei all dem wußte er die ganze Zeit nicht, wie weit Portnoi nicht nur Mitwisser, sondern auch Mittäter bei der Erpressung war. Die Tatsache, daß er sich im Hause Truckenbrodt noch immer herumtrieb, mußte ihn aufs höchste beunruhigen. Und eine Aussage Portnois gegen ihn war das letzte, was er brauchen konnte. Darum hat er ihn ja dann schließlich umgebracht. Die Anwesenheit Hannibals bei Cäcilie ließ außerdem höchst gefährliche Schlußfolgerungen zu. Cäcilie im Gespräch mit dem Mörder ihrer Tochter? Wohl ein Punkt zum Nachdenken.

Offenbar war man damals recht nervös — das Geschäft war ja noch nicht perfekt. Also schlug Ostrowskis Handlanger zu. Die arme dumme Elfriede war außerdem noch eine Warnung mehr in Richtung Cäcilie. Verstehst Du?«

»Schon«, sagte ich vage.

Mein Whisky war ausgetrunken, ich nippte an der Neige.

»Könnt ihr das nun auch alles beweisen?«

Er sah mich erbittert an.

»Wenn Ostrowski aussagt, oder wenn wir den Helfer fassen, und der sagt aus, dann wirst du sehen, daß wir alles richtig geschlußfolgert haben!«

»Also im Moment noch alles spekulativ«, winkte ich ab. »Ich seh schon, in deinem Job hat man noch viel weniger Erfolgserlebnisse als in meinem. Der einzige Unterschied ist, daß du auf keinen Vertrag warten mußt.«

Er war sichtlich verstimmt.

»Dafür hattest du ja die phantastische Presse! Die Arbeit der Polizei war ein Fliegenschiß gegen die kühne, phantasievolle und nahezu professionelle Arbeit der Filmregisseurin Aurora Lenssen, die —«

»Hör auf«, sagte ich lachend, »ich hab gelesen, was die schreiben! Bist du beleidigt?«

»Ach weißt du«, sagte er und sah mich nicht an, »da tut man nun jahrein, jahraus seine Arbeit, und dann kommt irgendein Laie daher und —«

»— und stiehlt einem die Show. Peter! Ich hatte doch dein Mandat! Und ohne deine Hilfe wäre ich keinen Schritt weit gekommen, bzw. ich könnte wahrscheinlich jetzt die Radieschen von unten angucken! Hast du mich nicht auf die Spur gesetzt?«

Er nickte, aber sehr überzeugt sah er nicht aus.

Irgendwo war ich eben dann doch nur die undisziplinierte, die schrecklich unerfahrene Person, die in der Gefahr herumpatschte wie ein Kind, das ins Wasser watet und nicht weiß, daß es irgendwann tief wird. Und die mit mehr Glück als Verstand hinter die Dinge kommt.

Er tat mir leid. Ich hätte ihn gern glücklicher gesehen. Eine Weile saßen wir noch beisammen, froren und schwiegen uns an. Dann ließ er die Rechnung kommen.

»Ich fahre dich nach Hause«, sagte er.

»Nein, Peter, laß nur. Ich nehme mir lieber ein Taxi.«

»Gut, wenn du meinst«, gab er nach. Der Regen peitschte uns ins Gesicht, da zieht man Abschiede nicht in die Länge.

»Wir sehen uns beim Prozeß.«

Falls es je einen geben wird, dachte ich.

»Da habe ich bei dir vielleicht mehr Glück.« Er lächelte mühsam.

Ich lächelte aufmunternd zurück. »Bestimmt«, erwiderte ich.

»Bis dahin ist Gras gewachsen über ... Du verstehst mich doch?«

Er nickte, und wir küßten uns.

Ich sah seinem Auto nach, bis es um die nächste Ecke bog. Dann schlug ich den Mantelkragen hoch und ging mitnichten zum Taxistand, sondern wanderte im strömenden Regen den ganzen Weg bis zur Vorstadt. Ich hatte so viel zu verdauen.

36

Meine Sachen hingen zum Trocknen vor dem Heizkörper im Bad, und ich saß einmal wieder auf dem Balkon. Um meinen Kopf hatte ich einen Handtuch-Turban geschlungen und am Leibe trug ich das einzige warme Kleidungsstück, da ich in diesem heißen Sommer überhaupt mitgebracht hatte, einen großen Schafwollpullover.

Der Regen strömte weiter, verhüllte wie ein Vorhang die Aussicht, wallende Schwaden verschleierten das Bergland dort hinten, in den Abflußrinnen und Kanälen plätscherte und rauschte es.

»Deine Post stapelt sich zu Bergen«, hatte die Bekannte am Telefon gesagt. »Und deine Zwergkakteen sind alle eingegangen. Was hab ich bloß falsch gemacht? Dabei hab ich doch jeden Tag zweimal gegossen!«

Eben, eben. Wozu hielt ich mir Zwergkakteen? Ich brauchte ja etwas, das man nicht gießen mußte.

Ich hatte gebeten, mir die Post nachzuschicken, und nun sah ich den ganzen fetten Stoß durch, neben mir meine

Whiskyflasche. Unbezahlte Rechnungen, Mahnungen, belanglose Kartengrüße. Die beiden Briefe von den Filmproduzenten hob ich mir für den Schluß auf. Vielleicht war's was Gutes. Vielleicht war mein Ruhm als Amateurkriminalistin schon bis in die Hauptstadt gedrungen. Wer weiß.

Ich lehnte mich zurück, mein Gläschen in der Hand.

Es war seltsam, daß ich dieses Haus nicht sofort verlassen hatte. Ich verstand mich selbst nicht. Was hielt mich noch hier, in diesem Mausoleum so vieler Tode? Nicht nur die Schatten der törichten Elfriede und der habgierigen, ehrgeizigen kleinen Nina umstreiften diese Mauern, sondern mit dem leichtsinnigen Annibale, diesem verspielten Nachkommen, auch die Namen all der Portnois, die in diesem und anderen Kellern verraten und verkauft worden waren. Und mitten drin stand das leere Bett mit seinen Vorbereitungen für ewiges Überleben und wartete auf seine Herrin, die zurückkommen und nichts vergessen und nichts gelernt haben würde, ebenso selbstgerecht, nachtragend, eisern und erbarmungslos wie vorher.

Hielt ich heimlich Totenfeiern ab? Sagte ich Kaddisch für den schwarzlockigen Spieler und Mann der halben Wahrheiten? Ich füllte mein Glas bis zum Rand und goß es vom Balkon hinab auf die Erde, die von Regennässe glänzte.

»Für dich«, murmelte ich und kam mir albern vor. Ich mußte das hier beenden.

Entschlossen nahm ich mir die beiden letzten Briefe vor. Der eine war das Angebot, wieder ein paar Werbespots zu machen. Immerhin. Die zahlten nicht schlecht. Hoffentlich kam ich mit meiner Antwort nicht zu spät. Der Brief war fast zwei Wochen alt.

Der zweite war tatsächlich ein Filmangebot.

Ich las ihn sehr sorgfältig und mehr als einmal.

Man bot mir an, einen Kriminalfilm zu machen.

Ich zerriß den Brief in viele kleine Schnipsel und warf ihn über die Balkonbrüstung.

Niemals im Leben einen Krimi.

Oder vielleicht doch? Eigentlich wußte ich ja nun, wie das ging.

Das *Ariadne*-Projekt, die mit Lust und Erfindungsreichtum gemachte feministische Krimi-Reihe bei *Argument*, hat gezeigt, daß das erkundende Erzählen gesellschaftlicher Wirklichkeiten und alternativer Lebensmöglichkeiten und Identitätsformen ebenso unterhaltsam wie aufklärend sein kann, daß ein Bedürfnis nach solcher Literatur besteht und daß sie ein erstaunliches gesellschaftliches Echo hervorzurufen vermag.

Ein Blick ins *Ariadne-Forum*, das Krimi-Magazin, zeigt, wie soziale Phantasie, kulturelle Kreativität und horizontale Kommunikation sich an dieser Literatur entzünden. Die Briefe der LeserInnen bilden das alternative Medium, in dem neue Selbstbilder sich formen.

Über die Jahre erhielten wir immer wieder Anregungen, die sich nicht in den feministischen Horizont der *Ariadne-Krimis* fügten und auf deren Verwirklichung wir ungern verzichteten. So geisterte die Idee einer Zweiten Reihe durch das Verlagsprojekt, und manche wünschten sich zunächst, daß es eine »Männerreihe« würde. Indes schien uns das bei näherer Überlegung nicht angebracht. Der Befreiung der Frauen aus patriarchaler Subalternität läßt sich das Unbehagen vieler Männer am Patriarchat nicht gleichrangig zur Seite stellen. Wenn nun ein schwuler Autor zusammen mit dem Krimi-Erstling einer in der DDR vielgelesenen Schriftstellerin die Zweite Reihe eröffnet, so ist dies der Anfang einer Vielfalt, die Programm ist, frei nach dem Motto: *Identität ist die Fähigkeit, anders zu sein.*

Und so stellen wir uns die Bände der Zweiten Reihe vor: intelligent und sinnlich, sozial engagiert und unterhaltend, vielförmig und forschend. Unterschiedliche Lebenswelten und Lebensweisen, Milieus und Subkulturen sollen zur Sprache kommen, falsche Selbstverständlichkeiten erschütternd, auch die Borniertheiten alternativer Bewegungen kritisierend. Was in der Zweiten Reihe keinen Platz hat, ist die Langeweile, die folgt, wenn man der Gesinnung den Vorrang vor der Wirklichkeitserschließung einräumt. Was dagegen soziale Phantasie, den Blick hinter die Fassade sowie Handlungsfähigkeit fördert, ist willkommen.

So hoffen wir nun auf gute Aufnahme, Echo, Vorschläge und — Manuskripte.

Wolfgang Fritz Haug

Vorankündigung

Von Michael Nava erscheint im Frühjahr 1995 *Goldjunge*, der zweite Band der Henry-Rios-Trilogie.
In der zwielichtigen Welt des Theaters vermischen sich Wirklichkeit und Spiel, Menschen und Rollen, schauspielerisches Können und Gier nach Geld und Erfolg. Das ist die Welt, in der Henry Rios sich die hoffnungslose Verteidigung eines 18jährigen Schwulen aufhalsen läßt, der bewußtlos mit dem blutigen Messer in der Hand neben der Leiche eines anderen jungen Mannes gefunden wird.
Wieder gelingt es Nava, die »Welt des Scheins« vorzuführen als korrupt, bestechlich, irregeleitet und voller zielloser Leidenschaften. Schein ist dabei nicht das Theater, das vielmehr wie eine Art Prisma die Kräfte des anderen Theaters kleinlicher Familien, bigotter Eltern, vorurteilsvoller Gerichte, tragischer Freundschaften, Aidstod und Liebe bündelt und in ihren Facetten erzählt.

Trauer ist die halbe Gerechtigkeit

Zweite Reihe Band 2001
DM 15,-/ÖS 117/SF 16,- ISBN 3-88619-901-0

Anwalt Henry Rios wirft seine Stelle als Pflichtverteidiger hin, weil er keinen Sinn mehr darin sieht. Eines Nachts taucht Ex-Mandant Hugh Paris bei ihm auf und behauptet, sein Großvater wolle ihn umbringen lassen. Obwohl Rios die Geschichte nicht glaubt, stellt er Hugh zuliebe Nachforschungen an. Sie führen in die Welt einer der großen Kapitaldynastien der USA, die mit der Eisenbahn ihr Vermögen gemacht und mit der Stiftung einer Privatuniversität ihr Gewissen beruhigt hat. Wie kann ein schwuler Chicano-Anwalt es wagen, den Namen alten Geldes zu beschmutzen?

Zweite Reihe bei Argument